Reinhardt Luise

Solitude - Novelle

Reinhardt Luise

Solitude - Novelle

ISBN/EAN: 9783744684088

Hergestellt in Europa, USA, Kanada, Australien, Japan

Cover: Foto ©Andreas Hilbeck / pixelio.de

Weitere Bücher finden Sie auf **www.hansebooks.com**

Inhalt.

Solitude.

Erstes Capitel.

Die Vorladung.

Henrike hatte vom Ufer aus die Pracht des Göt=
teraufzuges bewundert, ohne es sich träumen zu lassen,
daß Jan muthwilligerweise eine Rolle als Schiffsmatrose
auf seinem Kahne übernommen hatte um seiner Neugier,
die Freuden der vornehmen Gesellschaft gründlich kennen
zu lernen, zu genügen.

Natürlich war es nun also auch nicht zu ihrer
Kenntniß gelangt, daß Jan den Prinzen von Hollfingen
in seiner Jolle weiter beförderte und noch weniger hatte
sie eine Ahnung davon, daß der junge Mann seitdem
vom Hause abwesend war, ohne daß seine Hausgenossen
wußten, wo er weilte und wann er wieder eintreffen
würde.

Ihrem Versprechen zufolge wollte sie mit den bei=

den Knaben hinüber, aber da der Eine derselben zu
kränkeln begann, so hielt sie es für besser nicht zu fahren,
sondern einen Knecht zu beauftragen, überzusetzen und
den Besuch abzusagen. Sie erwartete, daß in Verfolg
dieser Benachrichtigung Jan sofort herüberkommen werde,
deshalb beschleunigte sie die Botschaft und ging selbst
zur Mühle hin, um dafür zu sorgen, daß ein Bote ohne
Zögern aufbreche.

Heiter, wie das Sonnenlicht, strahlte ihr Auge, als
sie eiligst durch die Allee lief, die zum Mühlwerke führte.
Ein Quell neuer Freudigkeit war in ihr eröffnet. Sie
hatte Vertrauen zu Jan bekommen. Ihr Zutrauen hatte
sich bis zu dem Grade erhoben, daß sie ihm unbedingt
Glauben zu schenken geneigt wurde. Ob diese kühle,
menschenfreundliche Stimmung allein im Stande gewe=
sen wäre, den Strahl innern Glückes auf ihr hübsches,
sanftes Gesicht zu malen, ob nicht die Hoffnung stiller
Liebe die Färbung dazu geliefert hatte, das blieb freilich
eine fragliche Sache. Sie selbst würde den Verdacht
egoistischen Hoffens entschieden zurück gewiesen haben,
allein Frau Swupken lächelte etwas sonderbar zu ihrem
Eifer, der ihre Wangen höher färbte und ihre Augen
glänzender machte.

Indem das junge Mädchen von der Pappelallee
abbog und nach dem Stege zuschritt, der über den Bach

zum Werkhause führte, wurde ihr Auge von einem An=
blicke gefesselt, welchem ihre still fröhliche Laune bis zur
muthwilligen Heiterkeit steigerte.

Vom Landwege daher kam ehrbaren Schrittes, das
mächtige Bambusrohr steif vor sich her setzend, eine kurze,
breite Männergestalt mit ungeheuer großem Kopf, in
welchem sie nur mit Mühe den Gerichtsboten wieder er=
kannte, der sie vor einigen Wochen mit der Nachricht
aufgeschreckt hatte „Jan solle Soldat werden."

Statt des kleinen dreieckigen Hütchens, das kaum
seinen Vorderkopf bedeckt hatte, prangte ein hoher, halb=
mondförmiger Hut mit einer Blechverzierung auf dem
dicken Schädel, die stark gepuderten Seitentoupé's waren
abgeschnitten und der Zopf bis zum kleinen Haarbeutel
eingeschrumpft. Eben so wesentlich war die Veränderung
der Kleidung. Ein Rock mit kurzer Taille und langen,
schmalen Schößen hatte den breitschößigen Rock, helle
schlotternde Beinkleider, die schwarzen Manchesterhosen
und hohe Stiefel, spiegelblank gewichst, mit großer
Quaste am Knie, die grauen Strümpfe und Schnallen=
schuhe verdrängt.

Henrike schlug vor Erstaunen die Hände zusammen
und rief lachend: „Herr Gott — seid Ihr's denn, Herr
Executor? Jesus, was habt Ihr denn gemacht, Herr!
Habt Ihr „Götter" mitgespielt gestern im Schiff' und

1*

's Coſtüm noch anbehalten? Nein, was Euch der Drei=
maſter auf dem Kopf' pudelnärriſch kleidet, Herr Exe=
cutor!"

„Reſpekt, Jungfer Müllerin," brummte der Mann,
indem er mit etwas kläglicher Miene ſeine Beine in den
ſteifen Stiefeln betrachtete, „Reſpekt, vor des Königs
Verordnung, die unſere Dienſtkleidung ſolchergeſtalt an=
gab. Reſpekt, ſage ich!" fügte er lauter hinzu und zeigte
mit der ausgeſtreckten Hand zuerſt auf das Blechſchild
am Hute und dann auf ein gleiches Schild an der linken
Bruſtſeite. „Das heißt: Im Namen Sr. Majeſtät, des
Königs von Preußen! Verſteht Ihr mich, Jungfer Mül=
lerin?"

„Reichlich gut, beſter Herr," entgegnete Henrike,
ihr Lachend bezähmend.

Darauf erhob der Mann ſeinen Bambusſtock, deu=
tete damit auf das Wohnhaus, zog eine wahre Löwen=
miene und fragte, eine gewaltige Kraft in ſeine Stimme
legend: „Finde ich den Meiſter Jan Smuyken daheim?"

„I bewahre!" antwortete Henrike. „Er iſt drüben,
ſo viel ich weiß! Aber ſeine Mutter iſt bei Wege und ſie
wird Euch ſchon Rechenſchaft geben können, wenn Ihr
was forbert. Geht nur hinein zu ihr!"

Nach und nach war es bei dieſer Antwort dem jun=
gen Mädchen immer ſchwüler um's Herz geworden und

sie hatte alle Mühe ihre Beklommenheit nicht merken zu
lassen. Der Gerichtsbote sah aber ihr ruhiges Gesicht
und glaubte an eine Ruhe und Zuversicht, die ihn im
Grunde ärgerte. Er gehörte zu jenen Beamten, die im=
mer Schrecken einzuflößen trachten, indem sie den Ab=
scheu der Menschen als Respekt nehmen.

„Hat die Jungfer gemeldet, was ich ihr neulich
sagte?" fragte er grimmig lächelnd. „Was sagt das
Muttersöhnchen dazu?"

„Bange machen gilt nicht!" erwiederte Henrike
Gleichgültigkeit heuchelnd.

„Das sagt er!" schrie der Mann. „Ei, so soll ihm
ja ein Donnerwetter über's Haupt fahren!"

„O, davor fürchtet sich niemand — es schlägt ja
nicht immer ein, lieber Herr!"

„Hier schlägt's ein, so wahr ich Schlipsak heiße!"

„Also Schlipsak heißt Ihr?" fragte Henrike, klug
den Gang des Gespräches wendend. „Na, geht nur hin=
ein zur Mutter Smuntken, Herr Schlipsak, 's wird sich
schon ohne Donnerwetter finden, was Ihr braucht!"

Der Mann brummte etwas Unverständliches, setzte
sein Bambusrohr vorweg und stapelte gravitätisch die
Allee hinab, Henrike ging über den Steg in die Mühle.

Was sie dachte, wie sie sich ängstete um das Schick=
sal Jan's, was für Vorwürfe sie sich machte, nicht für

die Herbeischaffung des Freischeines gesorgt zu haben,
davon sah man nichts in ihrem ruhigen Gesichte. Sie
blieb sogleich im Eingange des Mühlwerkes stehen und
rief den Namen des Werkmeisters, der auch alsbald er=
schien. Es war ein alter Mann, ergraut im Geschäfte
der Swunkens, dadurch also eng verbunden mit allen
Interessen des Hauses.

„Grüß Gott!" sprach Henrike, ihm die Hand bie=
tend. „Kann ein Bursche hinüber um dem Herrn zu
melden, daß ich nicht mit den Kleinen komme?" fragte
sie freundlich.

Der Werkmeister lachte. „Ist unnöthig, Jungfer
Henrike. Der Herr ist mit dem Schiff gestern stromauf
gefahren, hat sich mit der Durchlaucht in die Möve ge=
setzt und ist bis dato noch nicht zurück gekehrt."

Henrike horchte hoch auf. Was für sie Betrübendes
in dieser Meldung lag, das verschmerzte sie über die
Kunde „Jan sei abwesend," die sie, um des Executor's
willen, mit großer Freude erfüllte. Jan war also nicht
da, wenn dieser grimmige Gerichtsbeamte ihn zu sprechen
verlangte. Das paßte sich ja prächtig! So dachte sie,
sprach jedoch gelassen und freundlich:

„Das ist Schad'. Der Büttel Schlipsak will ihn
sprechen und ich hatt's eilig ihn herüber zu holen lassen."

Der Werkmeister nahm seine Kappe ab, rieb sich

etwas gewaltsam den Vorderkopf, so daß sein buschiges,
graues Haar zu Berge stieg und sagte geheimnißvoll:

„Was der Schlipsak vom Herrn will, wird der früh
genug erfahren." Er hielt inne und dachte nach.

„Neulich sprach er zu mir von „Soldat werden".
fügte er zögernd hinzu. „Ich habe unsern Herrn gewarnt
und ihm gerathen, daß er seine vornehme Bekanntschaft
dazu verwenden sollte um frühzeitig vorzubeugen, aber
Herr Swintken lachte nur dazu."

„Ist's denn noth, alter Heinrich?" fragte Henrike
Unbefangenheit heuchelnd. „Was ist denn los im Land'?
Ich denk', der Preußenkönig hat kein Geld zum Krieg?
Na nu — Soldaten kosten doch Geld! Wär's nicht
thöricht Soldaten zu halten im Ueberfluß, die, wie zum
Staat, mit den bunten Jacken im Land' umherstolziren?"

Der Werkmeister nahm seine Kappe abermals ab.
Immer ein Zeichen bei ihm, daß er das, was er sagen
wollte, für wichtig hielt.

„Richtig ist die Sache nicht, Jungfer Henrike!"
flüsterte er.

„Wer will denn was? Ist's der Mann aus Frank=
reich wieder?" forschte das Mädchen.

„Freilich, Freilich! Wer wohl sonst! Die ordent=
lichen Kaiser und Könige spektakeln nur mit dem Munde,
der aber schlägt d'rein, ehe man es sich da versieht! Wir

werden es erleben — sagte neulich die Ordonnanz des Obersten Scharnhorst, der hier war um nach Kavallerie zu spähen — daß bei uns alles zu langsam geht und der gute Mann hat recht — alles zu langsam!"

„Beim „Mann aus Frankreich" geht's schneller?" fragte Henrike interessirt.

„Das wollte ich meinen! Der Napoleon ist wie ein Belzebub. Der steht eher mit seiner ganzen Armee vor Wien, als ein Courier von hier nach England oder nach Rußland kommt, seinen Besuch anzusagen. Das ist ein Mann — ein ganzer Mann."

„Glaub's gerne, alter Heinrich! Dazu brauchen wir aber hier keine Soldaten — ich denk' Preußen ist gut Freund mit ihm?"

„O ja, so lange wie Preußen tanzt, wenn Er pfeift — sagte die Ordonanz vom Obersten Scharnhorst. Wäre unser König nicht so friedlich gesinnt, es brennte schon an allen Ecken!"

„Glaub's gerne, aber ich versteh's nur nicht, daß sich ein halb Dutzend Kaiser und Könige von Einem kommandiren lassen, der noch nicht mal Deutsch versteht!" sagte Henrike mit spöttisch verzogenem Munde.

Der Werkmeister Heinrich hielt es für nöthig seine Kappe abzunehmen und sein Haupt tüchtig zu frottiren, ehe er vorsichtig flüsterte: „Seht Jungfer Henrike —

man sieht und hört ja mehr, als die, welche im stillen
Hause sitzen. Da kommt bald Einer aus Hannover, will
Bretter kaufen — bald Einer aus Lauenburg, will Bret=
ter kaufen — bald Einer aus Strelitz, will Bretter
kaufen — bald Einer aus Preußen, will Bretter kau=
fen —"

„Und die fragt Ihr Alle aus, weil's nett ist im
Kruge beim Glas Bier den Allwisser zu spielen," sprach
Henrike lachend dazwischen. „Weiß's schon, wie Ihr's
treibt! Nun kramt 'mal aus, was Ihr erlauscht habt!
Ich hör' schon gerne zu!"

„Ja, da hört ich denn sagen: der König von Eng=
land habe einen Schwur gethan, daß er Hannover wie=
der haben müßte und sollte er Preußen in Grund und
Boden schießen!"

„Man zu!" fiel Henrike ermunternd ein.

„Er hat's wirklich so weit gebracht, daß Oesterreich
und Rußland auf seiner Seite stehen und sein Sohn,
der Herzog von Cambridge soll schon unterwegs sein nach
Hannover."

„Ei, das wäre! Ob's d e r aus Frankreich leidet?"
fragte sie spöttisch.

„Der? Ja, der wird wohl den Mantel nun links
und rechts tragen, wie es ihm Vortheil bringt. Der

neue Kaiſer ſoll ſich ſchmählich über uns ärgern — ſagt man."

„Warum denn? Wir thun ihm ja nichts?

„Ja eben. Wir machen hier ein freundlich Geſicht und da ein freundlich Geſicht, das ärgert ihn. Faßt auf, Jungfer Henrike, jetzt nimmt der „Mann aus Frank= reich" den Oeſtreicher vor's Meſſer — dann aber kom= men die Preußen an die Reihe. Als vor zwei Jahren die Franzoſen in Hannover waren, hat ihnen unſere Elbe ſehr gefallen und unſere Buchweitzengrütze und unſer Honig auch. Faßt auf! — Die Königin Luiſe hat mehr Courage, als der König, ihr Gemahl und man ſpricht davon, daß ſie im September eine Zuſammenkunft mit ihrem Vetter, dem Herzog von Cambridge, halten will um die Sache zum klappen zu bringen."

„Ihrem Vetter, dem Herzog von Cambridge —" wiederholte Henrike verwundert.

„Nu ja, die Mutter des Herzogs iſt ja eine Prinzeß von Mecklenburg=Strelitz."

„Ach was! Dann ſollt's aber doch der König von Preußen mit ſeinem Herrn Vetter halten und nicht mit dem aus Frankreich!" der Werkmeiſter lüftete ſeine Kappe.

„Ja ſeht, Jungfer Henrike — das nennt man Po= litik!" ſprach er wichtigen Tones.

„So? Politik? Na nu, dann kann's Euer König auch hinnehmen, wenn die Politik ihm eins auf die Mütz' gibt." erklärte das Mädchen trocken.

„Liebe Jungfer, mit Verlaub — die Verwandschaft auf dem Throne will eben nichts bedeuten und die Hauptsache ist und bleibt, daß unser König wegen des Geldes arg in der Klemme sitzt. Hat doch Einer vom Hofe schon vorgeschlagen, papiernes Geld zu machen."

„Ihr spaßt wohl! Papiernes Geld? S'geht doch komisch her in der Welt!"

„Ja und nicht komischer, als da, wo wir leicht hinkucken können. Die Ordonanz vom Obersten Scharnhorst erzählte wahre Höllengeschichten —"

Henrike trat neugierig noch ein wenig näher an ihn heran.

„Da sind in Berlin ein Haufen Herren und Damen für den Frieden, weil es lustiger zugeht und ein anderer Haufen Herren und Damen für den Krieg. Mitten innen steht König und Königin. Wer nun am klügsten ist macht dem König Wippchen vor, erzählt ihm, daß das Volk den Frieden will, daß der neue Kaiser von Frankreich sein intimster Freund ist, daß es am besten wäre, die Geschichte so mit anzusehen. Die aber, welche Krieg wollen, schreien und schelten, daß es eine Art hat — sie sagen, es sei ein Schimpf für Preußen, daß es sich nicht mit Oesterreich verbünde — der Prinz Louis, der durchaus für den Krieg stimmt, macht Witze über die, welche den Frieden wollen, genug es ist eine Wirthschaft gerad' wie hier zu Lande, wenn der Knecht das Pflügen besser verstehen will, als sein Herr."

„Nu — das kann ja vorkommen und ist doch kein Unglück, wenn der Herr nur vernünftig d'rein schaut!" warf Henrike ein. „Der König hat recht. Was soll's mit dem Krieg? Keiner hat größeren Schaden davon, als die armen Leut'."

„Fehlgeschossen, Jungfer Henrike. Die reichen Leute haben den größten Schaden davon. Die Reichen müssen Rath schaffen, wenn des Staates Kassen leer sind. Denkt Ihr denn, die Amtleute wissen nicht, wo sie das Geld heben können, was sie brauchen? Paßt auf! Unsern Herrn werden sie schon gehörig abzapfen, wenn der Spektakel los geht."

„Wenn er's hat, mag er's geben," antwortete Henrike treuherzig, indessen ihr Herz voll Sorge der Zukunft gedachte, „Daß Jan aber Soldat werden müßt' glaub' ich nicht. Sein Vater hat ja vom alten Fritz einen Freibrief gehabt."

Der Werkmeister sah sie nachdenkend an.

„Blitz — ja! Davon habe ich auch schon gehört!"

rief er. „Das möcht' ich dem Amtsboten Schlipsak doch mittheilen."

„Thut das, Heinrich und sagt ihm doch, daß Jan mit dem Prinzen von Hollsingen verreist sei."

„Ja wohl. Und daß er am Ende aller Enden mit der Durchlaucht nach Berlin gereist ist, denn vorhin passirten zwei Reitknechte, mit der ganzen Bagage des gnädigsten Herrn bei der Mühle vorbei. Zuerst wollten diese nach Wohlmirstadt, zwei Stunden von Magdeburg — sie meinten aber, es würde wohl weiter gehen, wenn die Hofherren das Jagdmachen satt hätten."

Henrike hörte sehr aufmerksam zu.

„Und die Prinzenfrau aus Solitude ist auch mit?" fragte sie ganz ruhig, obwohl der Verdacht wegen Laura sie bestürmte.

„Bewahre," rief der alte Heinrich lachend. „Das ist eine Prinzenfrau, die in Berlin überflüssig ist. Frau Ludmilla heißt sie und damit Punktum."

„Laura ist also nicht mitgereist?" fragte sie weiter.

„Behüte, die ist in Solitude!"

„Ich möcht' die Kinderchen wohl mal sehen!"

„Das ist leicht zu machen. Geht nur gelegentlich am Strand hinab, bis nach dem Forsthause oder noch besser — geht da den Weg entlang, bis Ihr zum

Sumpfe kommt, d'rüber weg führt ein Fußsteig, dann rechts ab und Ihr steht dicht vor der Schwarzdornhecke, die das Schloß umgibt. Da werden die Kinderchen wohl spielen und Ihr könnt' sie so lange betrachten, wie Ihr wollt."

„Dank' schön. Bei Gelegenheit will ich's ausführen. Nun geht hinein zum Executer und macht ihm kund, was Ihr wißt."

Sie nickte und schlug den Weg nach der Bleiche ein, kehrte aber plötzlich etwas erschrocken um, als aus dem Walde vor ihr, zwei Reiter sprengten und die Richtung zu ihr nahmen. Erst als sie in dem ersten Reiter den jungen Herrn erkannte, welcher vor einigen Tagen am Strande dem Kranzflechten zugeschaut hatte, blieb sie stehen und erwartete Heribert, der ihr schon von fern zurief. Angekommen bei ihr, sprang er vom Pferde und warf seinem Diener den Zügel zu.

„Das ist vortrefflich, das ich Euch hier finde," sprach er nach freundlichem Grüßen.

„Ich wollte zu Euch in die Mühle um Nachrichten einzuziehen. Habt Ihr heute Niemand von hier aus übersetzen lassen, liebes Kind?"

„Nein," antwortete Henrike wohlwollend in das schöne Gesicht des jungen Mannes blickend, der ihr heute weit ernfter und bleicher erfchien, als vor wenigen Tagen.

Heribert hatte ihr auf den erften Blick gefallen. Die Biederkeit, welche fein ganzes Wefen characterifirte, gab den erften Grund zu der Sympathie, die fie zu ihm zog. Dann aber war er ja auch augenfällig der Lieb= haber der fchönen jungen Dame, deren weiche Stimme ihr Herz in fieberhafte Unruhe verfetzt hatte, als fie fälfchlich annahm, Laura fei es.

„Auch kein Courier oder fonft Jemand, der Briefe zu beforgen hatte?" forfchte Heribert weiter.

„Nein, gnädiger Herr — niemand ift hier am Ufer gewefen. Vielleicht unten am Fährhaufe," fetzte fie gefällig hinzu, weil fie glaubte, er wünfche dergleichen.

„Nein, auch dort nicht — alfo kann ich hoffen fie noch zu Haus zu treffen," flüfterte Heribert felbftver= geffen. „Ift Jan Smuvken hüben?" fragte er eilig.

Henrike fchüttelte den Kopf, den ein Gedanke blitz= fchnell durchflog.

„Nein. Jan foll verreift fein mit den Prinzen," antwortete fie. „Denken Sie, gnädiger Herr, d'rinen fitzt ein Amtsbote — Jan foll Soldat werden. Ift's in der Ordnung das zu verlangen?"

Heribert ftutzte.

„Ich denke, die Swuykens sind freie Leute," sprach er sinnend.

„Ja, man hat mir von einem Freibriefe vorgeredet — aber der Brief ist nicht zu finden. Jan treibt's leichtsinnig, gnädiger Herr — sprechen Sie doch ein Wort des Ernstes mit ihm, daß er den königlichen Freibrief herbeischafft."

„Das soll geschehen, so wie ich zurückkomme, liebes Kind," antwortete Heribert freundlich.

„Der Executor ist d'rinnen — wollen Sie nicht gnädigst dem Manne sagen, daß Sie die Swuykens für freie Leute halten?" bat sie schüchtern.

„Heute nicht, liebes Kind! Wenn ich zurückkomme ordne ich die ganze Angelegenheit. Mein Wort darauf. Ich muß eilen, damit ich vor Nacht noch in Wendemark eintreffe. Die Zeit drängt mich — und es wird hier nichts versäumt."

„Nun ja," meinte Henrike bänglich — „es hat gerne Zeit bis Sie wiederkommen."

Der junge Mann schwang sich wieder auf's Pferd, grüßte nochmals und galoppirte davon.

Etwas traurig schlich Henrike dem Wohnhause zu. Sie hielt das Wort eines vornehmen jungen Herrn für allmächtig, und hätte gern gesehen, daß der Amtsbote zurecht gewiesen würde. Da ihre Wünsche dieserhalb fehlgeschlagen waren, so drängte es sie zu wissen, was man während dessen im Wohnhause verhandelt hatte.

Sie kam noch zur rechten Zeit um einem Acte des Vorlesens beiwohnen zu können, der nöthig geworden war, weil Frau Swuyken Geschriebenes nicht lesen konnte und weil der Bote angewiesen war ihr den Inhalt des großen Amtsschreibens, das er in der Hand hielt, deutlich zu machen.

Der Werkmeister stand still und ernst dabei. Sein Mienenspiel verrieth eine gewisse Hoffnungslosigkeit, die durch die weise Beredtsamkeit, womit der Amtsbote die Richtigkeit der obrigkeitlichen Anforderungen dargelegt hatte, erzeugt worden war. Frau Swuyken hörte mit andächtig gefalteten Händen zu und Henrike glaubte sterben zu müssen, als die Vorlesung so eben mit den Worten beschlossen wurde: „und hat sich der Mühlenbesitzer Jan Swuyken am 18. August hujus auf dem Amte einzufinden und vor die Kriegskommission zu gestellen, widrigenfalls geschärfte Maßregeln ihn seiner Renitenz wegen treffen und dieselbige schwer ahnden würden.“

„Ihr habt es Euch also selbst zuzuschreiben, Meisterin,“ schloß der Amtsbote mit ernster Würde, „wen der Herr Amtspfleger zu harten Strafen seine Zu nehmen muß. Mit dem Freibriefe ist es nichts

Gedanken laßt Euch vergehen. Das wäre ja eine schmucke Geschichte, wenn der König danach thun sollte, was sein Herr Großonkel Majestät für gut befunden. Nichts da! Basta."

Zweites Capitel.

Des Vaters Kampf.

„Hoffe und vertraue!" Mit diesen Worten des Majors war ein Stützpunkt in Luciliens Seele aufgerichtet. Der Schmerz der Entsagung brach sich daran. Was sich in der Sache ihres Herzenslebens noch düster und drohend zeigte, das wich in den Hintergrund. Warum sollte sich ein Irrthum, ein Mißverständniß, ein falscher Verdacht nicht aufklären lassen, wenn der Beschuldigte es nur sonst wollte und richtig anfing?

Ihr Vater lächelte aber hoffnungslos zu dieser Frage. Er hatte eingesehen, daß der Major bis in's Innerste getroffen war und daß einer Aufklärung von seiner Seite unüberwindliche Hindernisse entgegenstanden. Ganz schuldig glaubte er ihn auch nicht mehr, eben so wenig aber auch ganz unschuldig.

2*

Lucilie durfte unter diesen Verhältnissen einer neuen Begegnung mit Heribert nicht wieder ausgesetzt werden, deshalb bat der Freiher in einem Schreiben an die Oberhofmeisterin Gräfin Goltz um einen verlänger= ten Urlaub seiner Tochter und verhieß, sie, bei der Rücktour der Prinzessin vom Bade, selbst wieder der ho= hen Dame zuzuführen.

Nachdem dieß abgemacht war, trat eine größere Apathie bei Lucilie ein. Sie hatte gehofft, Heribert noch ein Mal im Leben zu sprechen um ihm unverholen zei= gen zu können, wie schmerzlich sie bei der ungeahnten Wendung ihres Geschickes litt; allein sie war eben so willig ihren Schmerz allein zu tragen, als ihr Vater an= dere Verfügungen für nothwendig hielt.

Im Schlosse wurde es nun einsam. Luciliens Schwestern kehrten mit ihren Kindern nach der Heimath zurück. Vater und Tochter blieben von nun an auf sich beschränkt und es konnte dem Freiherrn ferner nicht mehr entgehen, daß der unerwartete Schicksalschlag eine weit beklagenswerthere Verwüstung in Lucilie angerichtet hatte, als sie selbst dachte. Von ihrer kindlich frohen Heiterkeit war ihr nichts geblieben, als ein sinniges, schüchternes Lächeln, das in der Einsamkeit ihrer nächt= lichen Ruhe oftmals in Thränen aufging, wenn sie sich die Frage vorlegte. Warum sie so hart geprüft werde?

Warum Gott ihren Weg dahin geführt, wo sie den Mann lieben lernte, der ihr nie zu eigen gegeben werden konnte?

Bisweilen hob sich ihre Stimmung. Nur wenige Jahre Trennung und dann vielleicht ein seeliges Glück! Wenn sie nur gewußt hätte ob Heribert diesen Kampf mit den Verhältnissen beginnen wollte! Sie war seiner Liebe gewiß — konnte sie aber eben so sicher auf seine geduldige Treue rechnen? Nein! Nein! tönte eine Stimme in ihrem Innern — Heriberts leidenschaftliche Natur ließ sich nicht einzwängen — er würde Schritte thun, die vielleicht Alles verdürben.

Lucilie saß am liebsten allein, wenn ihr Vater ihrer Unterhaltung nicht bedurfte. Sie wählte sich einen Platz im Garten, wo sie dem Schlosse nicht allzu fern und dennoch außer dem Bereiche beobachtender Augen war. Der Garten, welcher sich unmittelbar dem Wohngebäude anschloß, war sehr groß und zog sich bis zum Dorfe hin, das einige tausend Schritte hinter dem Teichwalle erst begann.

Eine breite, prächtige Lindenallee durchschnitt den Schloßgarten in zwei ungleiche Theile. Der kleinere Theil war der Stolz des Gärtners und zeigte dessen Kunst in den prachtvollsten Blumenanlagen. Der größere Theil war in Rococostyle angelegt. Dunkle Heckenwege wechselten mit eben so schattigen Buchengängen, die eine stattliche Reihe Göttergestalten aus Stein verzierten.

Merkwürdig getreu in Laubhecken nachgebildet, begann oberhalb der Lindenallee ein Copie des alterthümlichen Schlosses, und dort, in der kunstvoll ausgeschnittenen Halle, die weder Regen noch Sonnenschein durchließ, dort vor Hitze und Wind geschützt saß Lucilie am liebsten, den Blick bald in die grüne Wölbung der uralten Linden, bald über die köstlichen Blumenbeete sendend.

Der Garten war nirgends verschlossen, nirgends eingehegt. Man konnte sich mit sicherem Herzen der allgemeinen Achtung vertrauen, die der Freiherr genoß und wenn am Eingange der Allee eine Tafel den Vormerk zeigte, daß diese Allee nur von der Herrschaft selbst oder von deren Gästen befahren oder beritten werden dürfe, so fand man dieß nur in Rücksicht auf Fremde nothwendig, denn von den Dorfbewohnern, die damals noch frohnpflichtig waren, hätte es keiner gewagt seinen Weg dorthin zu nehmen.

Lucilie saß schon mehrere Stunden an diesem Platze. Eine Stickerei sollte sie beschäftigen, that es jedoch nicht. Minutenlang saß sie still und regungslos, nur ihr Auge folgte unstät den fliegenden Wolken. Sie dachte jener kurzen, seligen Zeit, wo sie die Heiterste unter den Heitern und die Glücklichste unter den Glücklichen gewesen war. Nicht feste Traumbilder beschäftigten ihren Geist, nicht schmerzlich traurige Gedanken drückten ihre Seele, nicht heiße Wünsche erfüllten ihr Herz, sondern jenes liebliche, traumähnliche Sinnen hielt sie gefangen, worin der Mensch so oft Ersatz für versagte Freuden findet.

Ein Geräusch störte sie in diesen Träumereien, ohne sie jedoch ganz daraus zu erwecken. Es war ihr, als gallopire ein Pferd durch die Lindenallee herauf. Sie lächelte über diese Sinnentäuschung und senkte ermuntert, ihr Auge auf ihre Stickerei nieder. Das Geräusch kam näher. Wieder momentan aufgeschreckt schaute sie auf. Da die Allee sichelförmig angelegt war, so konnte sie natürlich noch nicht sehen, was weiter unten vorging. Ehe sie den Entschluß faßte aufzustehen um zu erkundschaften, ob jemand durch die Allee reite, erschienen zwei Gestalten zu Pferde, die mit Gedankenschnelligkeit den Weg zurücklegten und vor ihr Halt machten.

Ein Schrei entrang sich Luciliens Brust — ein Schrei, gemischt aus Schrecken und Entzücken, ein Schrei, der ihr ganzes Innere verrieth und Heribert, mit einem Schauer von Furcht und Seligkeit, an ihre Seite brachte. Hülflos in der furchtbaren Aufregung ihres Gemüthes streckte sie ihre Hände nach ihm aus

und zu ihren Füßen sinkend, unterstützte er das tobten=
haft erbleichende Mädchen mit seinen Armen, als sie
machtlos in ihren Sessel zurücksank.

„Lucilie!" war das einzige Wort, das er hervor-
pressen konnte. Dann betrachtete er entsetzt und stumm
die Verheerung, welche der bittere Harm in diesem blü=
henden Mädchenantlitz möglich gemacht hatte.

Thränen quollen aus seinem ohnehin so schmerzlich
überfüllten Herzen auf — Thränen! In seinem Auge
ein unbekanntes Etwas, dem er von Kindheit an abhold
gewesen war! Lucilie schlug die Augen auf und sah
diese beiden Thränen, als schreckenerregende Zeugen
seines innerlichen Leidens, über das männliche Gesicht
rollen. Wild aufjauchzend von Jammer rief sie:

„O Heribert — Heribert — werfen Sie keine
Schuld auf mich — ich bin unschuldig an dem Schmerze,
der Ihnen bereitet wurde!"

Er nahm ihre Hände und küßte sie.

„Wer möchte wohl dem Engel im Himmel jemals
eine Schuld aufbürden wollen!" sagte er leise.

„Nein, Lucilie — unsere Väter mögen es einst
vor Gott verantworten, wenn wir Beide in diesem Kum=
mer untergehen sollten. Muß es denn sein, Geliebte —
muß es denn sein?"

Jetzt erst, als der junge Mann sie „Geliebte"

nannte, kam sie zum völligen Bewußtsein der Situation. Es befremdete sie keinesweges, daß er mit diesem Ausdrucke ihr Verhältniß feststellte, ohne sie jemals gefragt zu haben, ob sie ihn liebe. In Gedanken hatten ihre Seelen längst sich vermählt — in Gedanken hatte sie alle die Stadien durchlebt, die das jungfräuliche Mädchen zum Manne gesellen, den sie liebt. Sie wußte auch, daß die geheimnißvolle Verbindung der gegenseitigen Liebe in ihrem Herzen jede Erklärung vorbereitet hatte, ja, daß sie eigentlich unnöthig geworden war, aber die reine, göttliche Unschuld ihres Mädchenherzens wurde dennoch seltsam erschüttert, als er sie „Geliebte" nannte.

Sie erhob sich schnell, als wolle sie fliehen. Sie stand vor Heribert in dem unbeschreiblichen Reize holdseliger Verwirrung, wie ihn nur die erste Herzensregung auf ein Mädchenantlitz zaubern kann. Ihre Wangen glühten und die Augen glänzten von der tiefen Herzensunruhe, als sie schüchtern den seinen auswichen.

Ein Wonneschauer durchrieselte Heribert. Er fühlte, sie war sein eigen — warum sollte er zögern sie für's ganze Leben zu gewinnen, trotz der Hindernisse, die man zwischen sie stellte. Er faßte ihre Hände und sah sie fest an.

„Lucilie — gibt es kein Mittel uns zu vereinigen? Oder liebst Du mich nicht genug um mit der ganzen

Welt zu brechen — liebst Du mich nicht genug um einem
väterlichen Willen zu trotzen? Lucilie — Du bewegst
abwehrend den Kopf — muß ich zweifeln an Deiner
Liebe — ist der göttliche Funke machtlos verglühet, der
unsere Herzen entzündet hatte?"

Lucilie schlug unter dieser Frage das Auge zu ihm
auf und lehnte mit einer reizenden Zutraulichkeit ihre
Stirn an seine Brust. Er preßte sie nicht an sein Herz.
Nur fester drückte er ihre Hände und fragte seltsam
ernst:

"Kannst Du leben ohne mich, Lucilie?"

"Nein!" antwortete sie. Heiliger könnte das Gelöbniß ewiger Treue selbst vor dem Altar des allmächti-
gen Gottes nicht sein, als dieses einfache "Nein," womit
das Mädchen ihr Dasein dem geliebten Manne übergab.
Keine wortreiche Betheurung hätte aber auch die Wirkung hervorbringen können, als dieses einfache, schüchterne
"Nein". Heribert legte seine Arme um die heilig geliebte
Gestalt, preßte seine Lippen auf Luciliens Stirn und
sagte freierlich, während sein Herz in tobenden Schlägen
die Brust hätte sprengen mögen.

"Gut, so sterben wir zusammen, wenn man uns
trennen will! Was ist der Menschen Wille gegen den
Muth der Liebe, Lucilie! Nicht leichtsinnig wollen wir
den Kampf mit deinem Vater beginnen — nicht leicht-

fertig unfer Loos beſtimmen, aber der Schwur unſerer endlich ausgeſprochenen Liebe ſei: „Eine ſelige Vereini= gung im Tode, wenn das Leben uns von einander reißen will! Reiche mir Deine Hand zum Pfande, Geliebte!" — Und dieſelbe Rechte, die ſie zum Schwure der Ent= ſagung in ihres Vaters Hand gelegt hatte, legte ſie jetzt mit dem Gefühle himmliſcher Freudigkeit in Heribert's Rechte. Dieſer Schwur war die Folge des erſten Schwu= res — er hob jenen nicht auf — er beeinträchtigte ihn nicht. Sie hatte ihm entſagt, das heißt „ſie hatte eine Vereinigung auf Erden nach ihres Vaters Willen un= möglich gemacht" — aber ein gemeinſames Grab war ihr als Ausweg geblieben, wenn die Bitterkeit des Schmerzes zu groß werden ſollte. Es war der Helden= muth der Liebe, der ihnen beiden ein Mittel bot gegen die Verzweiflung eines vereinſamten Lebens und in dem Egoismus der Liebe dachten ſie Beide nur an ſich und an ihre Beruhigung ohne Schmerz und Kampf. Freilich grenzte die Schwärmerei ihres Herzens in dieſem ver= hängnißvollen Augenblicke nahe an Wahnſinn, allein ge= rade in der reinen, überſinnlichen Begeiſterung, die ſie beſeelte, förderte ſich die Hingebung beider und bewirkte ohne Wortgepränge ein Gelübde für die Ewigkeit. Was galt Lucilien nun noch die Verheißung des Mannes, der ihren ſichtlichen Schmerz mit dem Ausruf „hoffe und vertraue!" löschen wollte. Sie wußte jetzt, worauf sie hoffen durfte — sie wußte, wem sie vertrauen konnte. Auge in Auge, aber stumm vor Bewegung, tauschten sie das Bekenntniß ihrer Liebe und das Gelöbniß ewiger Treue.

„Führe mich zu Deinem Vater," bat endlich Heribert. „Ich muß ihn sprechen um von ihm zu hören, weshalb Du nicht die Meinige werden darfst.

„Weißt Du das nicht?" fragte Lucilie erstaunt. „Sagte Dir dein Vater nichts davon?"

„Ich habe meinen Vater nicht gesprochen," erklärte Heribert, indem er des Mädchens Hände nochmals innig an seinen Mund führte und mit leuchtenden Augen ihren Blick suchte. „Er schrieb mir nur, daß ich mich fassen möge — daß ein Schwur Deines Vaters es verhindere meine Werbung um Dich zu begünstigen — daß ich ihm Ruhe gönnen möchte diese Erfahrung zu sichten und daß er mich erst nach längerer Zeit in Potsdam erwarte. Schließlich vertröstete er mich auf „„Blitzstrahlen, die das Dunkel aufzuklären vermöchten!"" Konnte ich mich wohl daran beruhigen, Geliebte? Zuerst fühlte ich mich entsetzlich erniedrigt, entsetzlich elend — dann aber stieg Dein Bild vor mir auf — was hatte unsere Liebe mit den Händeln der Väter zu thun — ich entbrannte in

heißer Sehnsucht nach Dir — wir trugen ja ein Leib,
lag darin nicht der wirksamste Trost?"

Lucilie sah ihn zärtlich an, aber es sprach sich eine
große Verwunderung in dem Stimmentone aus, als sie
sagte: „Dein Vater hat Dir nichts weiter geschrieben?
Er hat Dir den Grund der Weigerung nicht mitgetheilt,
gar nicht des unseligen Verdachtes erwähnt, der die
Schuld an der Entzweiung unserer Familien trägt?"

Heribert schärfte sein Ohr. Was? Ein Verdacht?
Nein, von Luciliens reinen Lippen wollte er nichts hören,
was ihn verletzen konnte.

„Komm, Geliebte — führe mich zu Deinem Vater,"
bat er nochmals ungeduldig.

„Versprich mir erst, daß Du streng die Sache von
der Person trennen und meinen kränklichen Vater schonen
willst," sprach Lucilie flehenden Tones.

„Bedarf es solcher Versprechen dem Vater der
Geliebten gegenüber —" entgegnete Heribert vorwurfs=
voll. „Was ich auch hören werde, mein Mädchen —
was ich auch dulden muß — Dein Bild wird jede Zor=
nesgluth dämpfen, denn es ist Dein Vater, der mir die
Gründe seiner abschläglichen Antwort eröffnet."

Lucilie schmiegte sich nochmals zärtlich an ihn, ehe
sie mit ihm aus dem Dämmerlichte der Laubwölbung
trat. „Liebe und Treue — Standhaftigkeit und Muth,

Heribert" flüsterte sie weich und hingebend. „Kann der Schmerz uns vernichten, wenn diese vier Begriffe unser ganzes Wesen regeln? Mein Vater weiß es, daß meine Liebe Dir für alle Zeiten gehört, er wird also den Kampf begreifen, den wir hiermit beginnen!"

Unterdessen hatte der Freiherr eine qualvolle Viertelstunde verlebt. So kurz die Zeit auch war, ihm gab sie einen Vorschmack künftiger Lebenskämpfe und es brach ihm den Muth der Zukunft troh zu bieten.

Er hatte zwei Pferde über den Schloßhof führen sehen und die Livree des fremden Reitknechtes, der dabei war, verkündete ihm, daß es ein Wendemark sei, der angekommen sein mußte. Heftig schellte er. Der Diener erschien voller Bestürzung. Man war nicht gewohnt den gnädigen Herrn ungeduldig zu sehen.

„Warum wird mir nicht gemeldet, wenn Besuch kommt?" fragte der Freiherr.

„Wir wußten nicht —" stammelte der erschrockene Diener. „Es ist niemand am Hause abgestiegen —"

„Nun? Ich sah doch zwei Pferde schweißbedeckt — ein fremder Diener führte sie?" warf der Freiherr ein.

Der Diener machte ein dumm verlegenes Gesicht. „Gnaden verzeihen — der fremde Reitknecht erzählte, daß sein Herr, des Weges unkundig, sich verritten habe

und unterhalb des Deichwalles erst auf die richtige
Straße gekommen sei. Ein Bauer habe sie dann ange=
wiesen durch die Lindenallee zu reiten, weil dieß der
nächste Weg sei. Das gnädige Fräulein hat dort den
jungen Herrn in Empfang genommen."

„A — so —" brachte der Freiherr gelassen heraus,
während ihm nicht ganz friedlich zu Sinne war. „Dann
wird meine Tochter ihn schon heraufführen!"

Der Diener ging und der Freiherr überließ sich
seinen Vermuthungen, die eben nicht freundlich schienen,
denn eine tiefe Wolke des Verdrusses legte sich auf seine
krankhaft bleiche Stirn. „Wozu dieser Besuch?" fragte
er sich. „Ich glaubte von dieser Seite Ruhe zu haben
— wozu kommt Heribert? Denkt er seines Vaters Namen
vom Makel zu reinigen? Will er den Anwalt dessen
spielen, der durch sein Schweigen gegen mich, Zugeständ=
nisse gemacht hat, die den Befehl meiner seligen Mutter
heiligen? Was will Heribert?"

Bisweilen durchflog ein freundlicher Gedanke dieß
Dunkel des Verdrusses.

„Ich werde ihn also sehen, ich werde den kennen
lernen, der mein liebes Kind, meine lieblichste Blume zu
erobern wußte! Wer hätte das gedacht! Sollte die Hand
der Vorsehung hier walten? Nein — ich wanke nicht,
du verklärter Schatten," rief er, plötzlich vor dem Bilde

einer hochmüthig kalt aus dem Goldrahmen herabschau=
enden Dame stehen bleibend. „Sei ruhig — ich wanke
nicht! Mein Versprechen hast Du mit in die Ewigkeit
hinüber genommen und dort, vor Gottes Richterstuhle,
würde mir mein Urtheil gesprochen, wollte ich meineidig
werden! Dem Schuldigen Dein Fluch! Dem Unschuldi=
gen Dein Segen! O, daß mein süßes, liebes Kind unter
diesem Fluche leiden muß!"

Sein Blick fiel bei diesem Gedanken durch's Fen=
ster und er gewahrte Lucilien an der Seite Heribert's,
ernst und würdig, langsam den Weg daherschreitend, der
von der Lindenallee nach dem Eingange vorn führte.
Schon, daß seine Tochter es angemessen gefunden hatte
den angekommenen Gast nicht durch die Seitenpforte
über den Schloßhof, sondern durch die Halle zu geleiten,
versöhnte sein Herz. Er hing einmal, kleinlich eigen, an
dem Etikettenwesen, das seiner Lebensstellung ange=
messen war und ließ sich nie etwas zu Schulden kommen,
was gegen das Herkommen seines Hauses vorstieß.

Besänftigt trat er vom Fenster zurück und sein
letzter Blick musterte voll Wohlgefallen die schöne und
edle Gestalt dessen, der neben seiner Tochter ging.

Gleich darauf trat der Diener wieder ein und mel=
dete ehrerbietig bis zur Demuth: „Den Herrn von Wen=
demark auf Kerkenhagen!"

Der Freiherr erwiederte: „Sehr angenehm!" und der Diener verschwand.

Jetzt begann ein neuer Kampf in dem Freiherrn. Es entstand in ihm die große Frage, ob er Heribert, dem Herkommen gemäß, bis zur Treppe entgegengehen, oder ob er, wie bei seinem Vater, seine Mißachtung dadurch ausdrücken sollte, daß er ihn erst im Zimmer empfing. Blitzartig schoßen die verschiedenen Gründe dafür und dawider durch sein Gehirn — endlich entschied die Liebe zu seiner Tochter. „Was hat er verbrochen, daß ich ihm ein Zeichen von Mißbilligung zu geben berechtigt wäre?" murmelte er und schritt hastig aus dem Zimmer um rechtzeitig an der Treppe zu sein.

Heribert stand nun vor ihm, traurig sein Auge zu ihm emporschlagend — ernst und mit einem Anfluge von Stolz sein Haupt zum Gruße neigend.

Da überwältigte den Hofmann, der im steifen Formenwesen die Würde des Stammes zu repräsentiren suchte, sein Gemüth. Er legte seine Hände auf die Schultern Heribert's, sah ihm gütig in's Auge, küßte ihn auf Mund und Wange und sagte voller Empfindung: „Ich heiße Dich willkommen im Hause des Stammes, den Du bald erlöschen sehen wirst, der aber in Dir neu aufblühen möge!"

Heribert legte seine Hände um die Rechte des

Freiherrn, die er zuvor ehrfurchtsvoll an seinen Mund
geführt hatte.

„Ist es das, mein theurer Oheim, was eine Kluft
zwischen unsere Familien aufgerissen hat? Liegt in
diesem unglückseligen Umstande der Grund des Schwu=
res der Lucilie von meinem Herzen reißen will?" fragte
er tief bewegt.

Der Freiherr sah ihn frappirt an.

„Nein, Heribert? Hast Du Deinen Vater nicht
gesprochen? Hat er Dir vorenthalten, was Du wissen
mußtest um die schmerzliche Demüthigung zu ertragen?"
sprach er, indem er den jungen Mann am Arme nach
dem Familiensalon führte.

Lucilie, in freudiger Rührung über den Empfang
des Geliebten, den sie in seiner ganzen Bedeutsamkeit
weit besser zu würdigen wußte, als Heribert selbst, folgte,
hielt sich aber bei der ganzen Unterredung mehr im
Hintergrunde, bis Heribert's Blick sie endlich zu sich
rief, als die Umstände ihre Nähe heischten.

„Mein Vater sendete mir nur diesen Brief," ant=
wortetete der junge Mann, dem Freiherrn das Brief=
chen überreichend, der es schnell ergriff und mit den
Augen überflog. Unbehaglichkeit in allen Mienen gab
er es dann zurück. Ihm schien eine Begründung des an=
geregten Verdachtes darin zu liegen, daß der Major

selbst seinem Sohne, der doch schmerzlich dabei betheiligt war, nicht sogleich die erwünschte Aufklärung gab, sondern sie um Wochen hinausschob. Wollte er Zeit gewinnen um Heribert mit Erdichtungen zu täuschen?

Mitleidsvoll heftete sich des Freiherrn Auge auf den Sohn, der eines edlern, bessern Vaters würdig erschien und er sagte, sorgenschwer athmend;

„Ja wohl — Dein Vater hat recht — vor der Hand läßt sich nichts weiter thun!"

„Mein theurer Oheim zürnt mir also nicht, daß ich, diesem Briefe zufolge, zunächst hier erst Aufklärung und Trost suchte?" fragte Heribert achtungsvoll. „Was ist es, das unsere Familien entzweite? Was hat Sie zu dem Schwure veranlaßt, der mich von Lucilien trennen will?"

Der Freiherr sah nachdenklich vor sich nieder. Sollte er den Schleier von des Vaters Vergangenhe ziehen, angesichts des Sohnes, der diesem Vater Achtung schuldete?

Aber wurde er nicht gleichsam zu dieser Indiskretion gezwungen, da der Major, ganz unverzeihlicherweise feige jeder Aufklärung aus dem Wege gegangen war und Heribert den widerstreitendsten Empfindungen überliefert hatte?

„Lassen wir die Erörterungen für jetzt ruhen," er-

3*

wiederte er herzlich. „Du bleibst bei mir, Heribert. Alle, Conflikte sollen in dem Gefühle untergehen, das zwi= schen uns ein Band der Sympathie webt. Du bleibst bei mir — Du trittst in dem Rechte hier auf, das Du beanspruchen kannst — Du nennst mich „Du“, wie es die Wendemarks von Alters her unter einander thun, ob sie als Freund, ob sie als Feind zu einander stehen — Du bist eingeführt in die Hallen Deiner Vorfahren und wenn eine Täuschung Deiner schönsten Lebenshoff= nung vor Dir liegt, so will ich wenigstens fernerhin nichts thun, was Deine Kümmernisse noch zu mehren vermag. Nochmals — willkommen in Schloß Wende= mark, das Dir, wenn nicht ein Asyl des Glückes, doch ein Asyl des Friedens sein mag.“

Unter diesen Worten drückte und schüttelte er die Hand des jungen Mannes, der ermuthigt zu ihm auf= blickte. Während sie Beide so gegen einander standen, — Beide ergriffen, von innern Rührungen gleichsam durchgeistigt, — glaubte Lucilie nie etwas ähnlicheres gesehen zu haben, als diese im Alter so verschiedenen und im Ausdrucke, in Haltung, Gestalt und Gesicht sich gleichenden Männergestalten. Ihr fiel das Wort des Prinzen von Hollfingen ein: „Zwei Blüthen eines Stammes — einander würdig und werth — !“ und ein Trost eigenthümlicher Art durchzuckte ihre Seele.

Ihr erschien es als ein Wahrzeichen ihres längst
vorbereiteten Geschickes, daß Heribert dem so un=
widersprechlich ähnlich war, dem er im Lehn folgen
sollte und der das angeordnet in seinem allweisen
Rathe, der konnte auch den fernern Weg dessel=
ben ebnen, daß ein neues Geschlecht aus dem alten
Stamme sich erhebe. Was galt des Menschen Wille
gegen Gottes Spruch, der Felsen versetzen und Ströme
versiegen lassen kann in einer einzigen Secunde! Sie
sah eine Prädestination in der Folge der Ereignisse und
wie ein Tropfen Thau die zarte Pflanze zu erquicken
vermag, so hob sich ihr Geist an der Hoffnung auf Gottes Rathschluß aus der gedrückten Stimmung empor.
Sicherer schaute sie auf. Fester blickte sie der Zukunft
entgegen, die in ihrem Schooße tausend Zufälligkeiten
barg, hinreichend den Horizont ihres Daseins zu er=
leuchten, wenn auch der Himmel über ihrem Haupte
drohend umwölkt erschien. Ihres Vaters Milde garan=
tirte ihr seinen guten Willen für ihr Glück — was Heri=
berts Vater auch verbrochen hatte, sein Auge hatte ihr
die Zuversicht verliehen, daß kein Mord auf seinem Ge=
wissen ruhe.

Während sie sich so hoffnungsreichen Ideen hin=
gab, tauschte Heribert seine männliche Fassung mit einer
stillen Verzweiflung. Der Freiherr hatte ihn, nach ei=

nigen ausweichenden Antworten auf seine Forschungen über den Zwiespalt ihrer Familien, plötzlich gefragt:

„Hast Du nie davon reden hören, daß ein Wendemark von der Erde verschwunden ist, spurlos verschwunden ist zwischen der Brettermühle Swuyken's, Solitude und Kerkenhagen?"

Heribert antwortete, zuerst nur verwundert über diese Frage, dann betroffen und von dunklen, schattenhaften Erinnerungen erfaßt, daß er nie davon gehört habe, daß jedoch sein Vater erst kürzlich dieselbe Frage an ihn gerichtet habe.

Ein sichtlicher Triumph, der indeß nicht ohne schmerzliche Beimischung war, malte sich in des Freiherrn Zügen. Der Major hatte versuchsweise nachgefragt um zu hören, wie viel von seinem Abentheuer mit dem unglücklichen Norrmann bekannt geworden war, dachte er und fügte laut die Frage daran:

„Was veranlaßte Deinen Vater zu dieser Forschung? Hatte er einen besonderen Grund? Wie kam er überhaupt dazu?"

„Hängt dieses Verschwinden mit dem Zerwürfnisse unserer Familien, mit dem Schwure, der meine Verbindung mit Lucilie unmöglich macht, zusammen?" sprach Heribert, aufmerksam gemacht durch dieß Examen, das etwas inquisitorisches hatte.

Der Freiherr ließ sich nicht auf die Beantwortung
ein, sondern fragte dringlicher:

„Sage mir nur, was Deinen Vater zu dieser selt=
samen Bemerkung bewog!"

Heribert sann nach. Sein Gedächtniß ließ ihn aber
im Stich. An des Prinzen Aeußerung, in Betreff des
Teufelssumpfes dachte er gar nicht, deshalb fehlte ihm
der Leitfaden zu seines Vaters Frage. Nachdem er sein
Erinnerungsvermögen vergeblich gemartert hatte, er=
klärte er, es nicht zu wissen, wie und auf welche Weise
sein Vater dazu gekommen sei.

„So viel ist mir gewiß," schloß er seine feste und
entschiedene Erklärung, „daß in meines Vaters Bemer=
kung eine bedeutende Verwunderung lag, daß er eben=
falls von der Nachricht eines solchen Ereignisses auf's
Höchste überrascht schien."

„Das alles erhöhet meinen Verdacht!" sprach der
Freiherr bedenklich.

„Verdacht? Wie? Auf wen hast Du Verdacht?
Worauf zielt dieser Verdacht?" fragte Heribert in eini=
ger Spannung.

„Frage Deinen Vater danach, guter Vetter. Laß
Dir von ihm die Ursache erklären, die seine Frage ver=
anlaßt hat, darin findest Du hinreichend Beantwortung."

„Soll mein Vater um dieß Verschwinden wissen?" fragte Heribert noch gespannter wie vorhin.

„Darauf mag er die Antwort geben. Mir kömmt es nicht zu Geheimnisse zu entschleiern, welche einen Edelmann compromittiren können."

„Wie deute ich das!" rief der junge Mann entsetzt. „Allmächtiger Gott — glaubt man meinen Vater betheiligt bei diesem Verschwinden?"

Keine Antwort. Seines Vaters Verurtheilung lag in diesem Schweigen.

Heribert trat zurück. Flammen sprühten aus seinen Augen — seine Hand hob sich drohend und er sprach mit dumpfem, leisen Tone:

„Wehe denen, die meinen edlen Vater solchem Verdachte preisgaben — wehe deren, die das Gespenst der Ehrlosigkeit aufrichteten und einen Namen bloßstellten, der bis dahin ein spiegelblankes Schild reiner Ritterlichkeit repräsentirte. Wer hat es gewagt, diesen Verdacht auszuspinnen?"

„Die es gethan, sie ruht in ihrer Väter Gruft, mein theurer Heribert," entgegnete der Freiherr begütigend, indem er väterlich seine Hand auf des jungen Mannes Kopf legte. „Deine Drohung trifft eine Todte. — Laß Deinen Vater den Beweis liefern, daß er nicht der Offizier gewesen ist, der meinen Bruder Normann

begleitet hat bis nach der Brettermühle. Dieser Umstand
ist die Grundlage eines vernichtenden Hasses geworden.
Verschaffe mir die Ueberzeugung, daß mein Bruder
Norrmann nicht von der Hand Deines Vaters gefallen
ist — dann vernichtet sich der Fluch meiner Mutter und
auch mein Schwur, der sich trennend zwischen uns
gelegt hat. Verlange Wahrheit von Deinem Vater —
.er fürchtet sie zu geben — aber ich bin ja geneigt, um
Euretwillen, um Eures Glückes willen, seine Entschul=
digungen gelten zu lassen. Norrmann war ein wilder,
brüsker Mann, der wohl Veranlassung zum Streite ge=
geben, der wohl Deinen friedfertigen Vater zum Zwei=
kampfe gezwungen haben kann — Dein Vater soll nur
das Dunkel lichten, das über dieser Begebenheit ruhet!
Du weißt nun, was nöthig ist, mein Sohn — vertiefen
wir uns nicht in Vermuthungen. Dein Vater ist ver=
pflichtet Dir das Nähere mitzutheilen, Dich in das ein=
zuweihen, was Bezug auf Dein Glück hat. Ich bin der
Vollstrecker eines mütterlichen Fluches, der mir jede Ver=
bindung mit dem untersagt, welcher sich einem so schmäh=
lichen Verdachte bloßgestellt hat, — Dein Vater kann
Deine und seine Lage feststellen — bis dahin betrachte
ich Dich als einen lieben, ehrenwerthen Verwandten."

Heribert hatte stolz aufgerichtet dagestanden. Was

in seinem Innern wüthete sah Niemand. Selbst dem
Auge der Liebe blieb es verborgen.

Er ertrug die erste Beschimpfung, wie ein Mär=
tyrer und seine Zärtlichkeit für Lucilie wankte dennoch
nicht. Eine Begeisterung, wie sie der feste Glaube an
Reinheit und Unschuld verleiht, glühete auf seinem Ant=
litze und es mischte sich ein leiser Zug von Verachtung
in das stolze Lächeln seines Mundes, als er mit hoch=
athmender Brust erwiederte:

„Ich leiste einen Schwur auf die Unschuld meines
Vaters und rufe Gott als Rächer heraus unsern Stamm
bis in die Wurzel zu zerstören, wenn eine Sünde von
ihm begangen ist. Ein fürchterlicher Irrthum hat mei=
nen edlen Vater verdammt — mögen die Todten ruhen,
die sich dessen schuldig machten — die Folgen dieses
entwürdigenden Irrthumes treffen mein Herz und das
des theuersten Wesens, welches ich habe. Komm', meine
süße Lucilie —" rief er mit weichem, herzergreifendem
Tone, „Komm und höre den Schwur, den ich Dir
leiste."

Lucilie flog herbei und schlang ihre Arme um sei=
nen Nacken und verbarg ihr Gesicht an seiner Brust.

„Vor dem Antlitze Deines Vaters schwöre ich Dir
Treue, Du Geliebte meiner Seele, Treue durch das ir=
dische Leben bis an meinen Tod — Deinen Schwur

aber, den Du mir vorhin geleistet in überschwenglicher
Liebe, den löse ich). Ich gebe Dir Dein Leben zurück,
denn ich will leben um meines Vaters willen und Du
sollst Deinem Vater nie ein Herzeleid zufügen um mei-
netwillen."

Der Freiherr, obwohl nicht recht begreifend, was
die feierlichen Worte sagen sollten, trat ängstlich ganz
nahe zu ihnen heran.

„Sei ohne Sorge meine Sehnsucht wird nie mehr
auf Schwärmereien verfallen, lieber Vetter," beantwortete
Heribert seine stumme Geberde. „Sei ohne Sorge, Dein
Kind wird mein Herz nie wieder schlagen hören, wie es
jetzt es schlagen hört — es müßte denn sein, daß Du
mit reuigem Bekennen zu mir trittst und meines Vaters
Segen zu unserer Verbindung erflehest. Treue schwöre
ich — aber ich entsage der Hand der Geliebten. Nie soll
eines andern Weibes Haupt an der Stätte ruhen, wo
Luciliens süßes Antlitz jetzt ruhet — aber sie selbst soll
auch zum letzten Male dort weilen, es sei denn, daß Du
kommst und sagst: „Ich vertrete Deines Vaters Ehre
mit meiner Ehre!"

„Heribert!" rief der Freiherr außer sich. „Bringe
mir den Beweis von Deines Vaters Unschuld und ich
will mich zum Knieen vor ihm erniedrigen — keine Buße
soll mir zu schwer erscheinen —"

„Vertrauen ohne Beweis fordere ich," fiel Heribert aufflammend ein. „Wer wagt es einen Wendemark zu verdächtigen!"

„Ich nicht!" entgegnete der Freiherr frei aufblickend. „Aber etwas Geheimnißvolles ruhet in diesem Vorgange der mein Gemüth lange schmerzhaft aufgeregt hat. Meine selige Mutter verfolgte eine Spur!"

„Genug! Und wenn eine Stimme vom Himmel tönte um mich zu überreden, mein Vater sei einer unedlen That fähig, so würde ich antworten: „Es ist nicht wahr!"

Der Freiherr ergriff seine Hand und drückte sie.

„Daß mir ein solcher Sohn geboren wäre — daß mir das Glück geworden wäre, mein liebstes Kind Dir anvertrauen zu können!"

„Geduld — die Zeit wird erscheinen, wo Du mir Lucilien zuführst, wo Du von Reue gepeinigt, mir eingeständest, meinem Vater Unrecht gethan zu haben. Und kommt diese Zeit nicht, so mag das schwere Leid unserer irdischen Entsagung den ungerechten Groll sühnen, der unsere Familien auseinander riß. Mein Vater wird nie von mir erfahren, daß man einen entwürdigenden Verdacht auf ihn geworfen hat."

„Er weiß es bereits," sprach der Freiherr kleinlaut.

„Dann werde ich ihn zu trösten suchen!"

„Verdamme mich nicht — meine Schuld ist geringer, als Du denkst!"

„Meinst Du, ich wäre noch hier, wenn ich dieß nicht einsähe? Du bist ein Werkzeug in dem traurigen Spiele und ich werde ohne Groll von Dir scheiden, denn Du hast mich voll Liebe aufgenommen."

„Sage mir nur, was ich thun soll?"

„Meinem Vater vertrauen und dem Urtheile Deiner Mutter, die Grund zum Haß und Groll gehabt haben mag, mißtrauen!" sprach Heribert entschieden.

„Mein Vertrauen vernichtet die Verwünschung nicht, mit der meine Mutter von der Erde schied. Soll ich meine Lucilie dem Unglücke überantworten?"

„Gott ist allwissend! Er erkennt die Ungerechtigkeit der menschlichen Verwünschung und leitet ihre Folgen!"

„O Heribert — Du steigerst meine Qual!"

„So will ich scheiden von Dir und Deiner Tochter!" sprach er entschlossen.

Lucilie fuhr zusammen und umfaßte ihn fester.

„Nein! Du sollst bleiben! Ich will vor Dir gerechtfertigt dastehen! Morgen erzähle ich Dir, was ich weiß. Dann gib Du mir Rath! Der Tag möge uns gehören, vielleicht der einzige Tag, wo ich Dich neben Lu-

cilie ſehe — vergönnen wir uns ein Glück, ehe wir der
troſtloſen Oede überantwortet werden.“

Heribert blieb. Er blieb als Sieger, trotzdem er
entſagt hatte, denn der Freiherr fühlte ſeinen Widerſtand
durch ſeine Zuverſicht auf ſeines Vaters Ehre gebrochen.
Heribert nahm ſeine Gaſtfreundſchaft um ſo unbedenk=
licher an, da er die Grundlage der ausgeſprochenen
Weigerung weniger auf Haß, Abneigung und Verach=
tung, als auf vorgefaßten Meinungen ſuchen konnte.

Er trat natürlich in die ſelbſt von ihm vorge=
zeichneten Schranken zurück und hielt ſeine Stellung
als Verwandter feſt ohne den geringſten Anſpruch der
Liebe geltend zu machen, aber war, nach dem über=
ſtandenen Grame, die Nähe der Geliebten nicht ſchon
ein Glück, das Seligkeit in ſich barg? Sein Fuß
ſtand nun wieder an der Schwelle des Paradieſes und
in den Augen Lucilien’s glühte ein ſo gläubiges Ver=
trauen auf, daß der Freiherr in ſeinen Anſichten ſchwan=
kender wurde, je länger er dieſe feſte Zuverſicht auf des
Majors Unſchuld zu beobachten Gelegenheit hatte.

Als Heribert endlich ſchied, empfand es der Frei=
herr ſchmerzlich, daß er nicht als Verlobter Luciliens
Abſchied nahm, ſondern es der Zeit überließ, das Ver=
hältniß erſt zu ordnen.

Drittes Capitel.

Zwischen Schatten und Licht.

Jan Smutzken hatte sich wacker darangehalten. Ein
Dorf nach dem andern war von ihm erreicht und er hatte
schon Tangermünde, mit seinem Schlosse in Sicht, als
der Duft des Abends die Flur zu überschleiern begann.
Frisch fort war er gesegelt mit seiner Möve, daß es eine
Lust war. Trotzdem trug er insgeheim Bedenken, daß es
ihm gelingen werde noch vor Einbruch der Nacht, die
im August schon rascher hernieder sinkt, als im Juli
Kehnert zu erreichen. Wenn er auf diesem Theile des
Stromes so bekannt gewesen wäre, wie in seiner Heimat,
so hätte er riskirt im dunkelsten Nachtgraus zu segeln,
allein je mehr er sich Magdeburg näherte, desto weniger
kannte er das Terrain und „die Elbe soll hier ihre Mucken

haben", meinte er ſcherzend zu ſeinem hohen Reiſege=
fährten.

Prinz von Hollfingen hatte ſich ſeit ſeiner letzten
Aeußerung, die ganz unwillkürlich den Zuſtand ſeiner
Seele kund gab, einem beredſamen Schweigen überlaſſen.
Sein Gemüth litt unter den erſchütternden Prozeſſen,
die, zu ſeinem Heile vielleicht, über ſein ſtilles, abge=
ſchloſſenes Daſein verhängt worden waren. Unbewußt
deſſen, was demſelben eigentlich fehlte, war er plötzlich
inne geworden, daß ihm der Reiz der Zerſtreuung viel
mehr galt, als er je geglaubt hatte und im innern
Grimme gegen ſich ſelbſt war er als ſcharfer Kritiker
dagegen aufgetreten. Im Zwieſpalte ſeines Weſens litt
ſeine ruhige, feſte Zärtlichkeit, die er für ſeine Familie
hatte — durch ſeinen Kampf mit den Verſuchungen ſei=
nes Standes traten die in den Hintergrund, welche er
als die Kleinode betrachtete, einem Leben voll ſchöner
Thätigkeit Werth zu verleihen. Der Kampf war aber
ausgekämpft. Mit den Abſchiedsworten an die Gräfin
hatte er ſeine Entſchlüſſe ausgeſprochen und er fühlte ſich
von dieſem Momente an ſeiner Familie wiedergegeben.

Der milde, beſchwichtigende Einfluß der einſamen
Waſſerfahrt, in einem Fahrzeuge von fabelhafter Klein=
heit, die Nähe eines Mannes, der mit kundiger, kräftiger
Hand ſeine Fahrt leitete und nur durch einen treuherzig

theilnehmenden Blick sein reges Interesse an ihm dar=
that und die Erinnerung an Ludmilla's Anerbieten „gehen
zu wollen," vollendeten den Niederschlag aller bösen Ele=
mente. Er war sich und seiner eigentlichen Natur, die
sehr stark zu philosophischer Weisheit neigte, vollständig
wiedergegeben. Wie Traumbilder zogen die Erlebnisse
der letzten Monate an seinem Geiste vorüber, aber eben
nur wie Traumbilder, die in der Nachwirkung kein
Herzklopfen zu erregen vermögen, sondern nur die Sinne
flüchtig berühren.

Kein günstigerer Moment zu Selbstprüfungen
konnte sich finden, als diese Wasserfahrt, die seinem selbst
erwählten Lebenswege glich — abgeschnitten von jedem
Verkehre — isolirt auf einer weiten Wasserfläche — nur
der Treue eines bewährten Mannes anvertraut —
reflektirte sich nicht seine ganze Zukunft in dieser Gegen=
wart? Wer trug die Schuld seines, von Rang und Stand
abgeschnittenen, Lebens? Er selbst! Er mußte sich selbst
einräumen, daß kein Kampf der Liebe und Leidenschaft
ernster und wahrer durchgemacht werden konnte, als der
Kampf Ludmillas gegen seine Liebe.

Hatte sie nicht, in ihrem unüberwinblichen Vorur=
theile gegen Bündnisse verschiedener Stände gezeigt, daß
sie die Klippen ahnete, woran ihr eigenes Lebensglück
scheitern müsse? Seine glühende Liebe besiegte endlich

ihren Widerstand und sie isolirte sich mit ihm in dem weiten Welttreiben, sie gab ihr Dasein auf um ihm zu leben — seine Treue hielt sie aufrecht — ihre Treue mußte ihm Entschädigung sein! Sehnsuchtsvoll hob sich des starken Mannes Auge nach jener Himmelsgegend, wo sie weilte — wo sie traurig, gekränkt, gedemüthigt und verlassen zurückblieb.

„Das soll und muß nun anders werden!" rief es in ihm. „Die Zeit ist da, wo ich als Mann und nicht als Jüngling aufzutreten gezwungen bin. Dem Jüng= ling genügte das schwärmerische Phantasieleben — ihm genügte die weiche Luft der Poesie, die ihn vom Alltags= leben abschloß — der Mann vertrete nun aber das Le= ben in der Jugend, das er aus eigenem, freien Entschlusse wählte, er vertrete sein Thun und Treiben, er vertrete die poetischen Schwärmereien, die ihn zwar irre geführt, aber keineswegs unglücklich gemacht und entehrt haben! Das soll und muß sich ändern. Ich werde es ändern!"

Stolz flog sein Blick von einem Horizonte zum andern, als wolle er es versuchen die ganze lebende Generation dieses Erdstriches zu Richtern seines Han= delns aufzurufen!

Jan Swuyken unterbrach diesen stolzen Gedanken= flug. „Hören Durchlaucht wohl?" fragte er bescheiden den Kopf halb zu ihm wendend.

„Was ist?" erwiderte der Prinz, noch nicht völlig aus seiner Versunkenheit aufgestört. Ein Jagdsignal drang an sein Ohr. Von ferne nur, kaum hörbar trug es ein Windhauch zu ihm herüber.

„Was? Ist die Jagdcohorte hier versammelt?" sprach der Prinz sich aufrichtend. „Oder sind wir bei Kehnert?"

„Noch lange nicht, Durchlaucht!" entgegnete Jan. „Es wird das Jagdhaus von Weißenwarthe sein, wo sie sind und blasen."

„Was soll ich davon denken!" meinte der Prinz. „Wir verabredeten uns in Kehnert zu treffen und der Excellenz einen Abendschmaus abzujagen! Hört Smuyken — kommt das Signal nicht näher — haltet an ein wenig —"

Jan ließ das Segel fallen und lavirte mit dem Ruder langsam dem Ufer zu.

„Richtig! Sie haben uns gesehen — das Signal gilt uns —" sprach der Prinz lachend.

Jan näherte sich allmählig dem Strande, der durch breite Sandbänke vom Flusse getrennt war. Vorsichtig umschiffte er diese und lenkte dann einer weithin sich ausbreitenden Wiesenfläche zu, wo er hinter niedrigem Erlengebüsch Menschengestalten zu sehen glaubte. Richtig. Kaum sahen diese Gestalten die Jolle auf sich zusteuern,

4*

so eilten sie auf den Rand des ziemlich hohen Ufers und ließen eine lustige Jagdfanfare erschallen.

„Das ist das kuriofeste, was ich je erlebt habe," sagte der Prinz. „Ich bin nur neugierig, was es zu be= deuten hat. Mich konnten die Herrn hier gar nicht er= warten — was soll das heißen — gilt das einem Edel= manne, den sie von d'rüben erwarten? Ganz gewiß und ich habe den Vortheil davon."

„Auch gut, gnädigster Herr," antwortete Jan. „Mir wurde schon schwül zu Muthe — nach Kehnert wären wir schwerlich noch gekommen — der Wind wurde immer ungünstiger und das bischen Mondschein bot mir nicht Sicherheit genug."

„Um so besser, wenn wir hier bleiben können. Es verschlägt Euch doch nichts, lieber Smutsken oder wartet Laura auf Euch?" scherzte er.

Jan fing hell an zu lachen. „Die kann schon war= ten!"

„Nun? Irre ich denn? Ich denke, Ihr seid einig und werdet Euch so bald als möglich heirathen?" warf der Prinz beiläufig hin, während seine ganze Aufmerk= samkeit dort am Ufer hing.

„Durchlaucht belieben zu scherzen!"

„Nein, nein! Ich habe Euch neulich belauscht."

„Ach — als ich die Mamsell überholen und der Frau Gräfin zuführen mußte?"

„Der Gräfin zuführen? Etwa der Gräfin Goltz?" fügte er aufmerkend hinzu.

„Zu dienen Durchlaucht."

„Was wollte die Dame von Lauren?"

„Sie ausfragen," war Jan's lakonische Antwort.

„Worüber?"

„Nun — was in Solitude geschähe." Der Prinz fuhr auf.

„Swuyken — Ihr scherzt ungebürlich!"

„Ich würde mir das nie erlauben, allergnädigster Herr. Ich sprach die Wahrheit."

Der Prinz lachte bitter. „Und dann kam s i e mich zu holen?" murmelte er.

„Sehen Sie dort, Durchlaucht!" unterbrach ihn Jan und deutete mit der Hand nach dem Ufer, wo eine Schaar Herren, Jäger und Landleute sichtbar wurde.

Ein Halloh und Hallali begrüßte die Schiffenden. Man schwenkte die Mützen und trieb allerlei Spektakel.

„Da bin ich doch neugierig," sagte der Prinz, indem er scharf hin sah um die Grüßenden und Rufenden zu erkennen. „Es sind wahrhaftig die Herren, mit denen ich vor einigen Tagen gejagt habe. Wie kommen diese dazu mich hier zu erwarten? Mein Entschluß war, sie morgen in Schrike beim Prinzen Louis von Preußen zu treffen — sie können unmöglich wissen, daß ich diesen Entschluß geändert habe. Ist das Zufall? Sie wollten heut Abend bei dem Grafen Schulenburg auf Kehnert Rast machen — dort wollte ich sie mit Eurer Hülfe überraschen und nun überraschen sie mich? Kurios!"

Bald darauf legte die Möve an und einige Herren sprangen den Abhang hinab und eilten der Stelle zu, wo sie anlegte.

„Meine Herren, erklären Sie mir vor allen Dingen, ob mir dieser Empfang gilt oder nicht?" fragte der Prinz ihnen heiter entgegentretend.

„Nur Ihnen, Durchlaucht," antwortete der Herr von Massenbach ehrerbietig.

„Wie konnten Sie mich erwarten? Ich wollte morgen erst kommen?"

„Haben Durchlaucht keine Stafette erhalten?" fragte der Oberst von Scharnhorst, der eben näher trat. Auf die Verneinung des Prinzen erklärte man es als ein Wunder, daß er hier sei und zwar auf derselben Weise ankomme, wie man es ihm unterthänigst vorgeschlagen.

„Wir wurden mit unserm beabsichtigten Angriff auf Küche und Keller Sr. Excellenz Schulenburg, zurückgeschlagen," berichtete ein dicker Rittmeister lachend.

„Sr. Excellenz auf Rehnert befindet sich unwohl," fiel Massenbach ein.

„Das ist die Excellenz immer, wenn man auf ihren Beutel, respektive Wein — spekulirt," spottete der dicke Rittmeister von Bollk.

„Ist's wahr?" fragte der Prinz zu Scharnhorst gewendet, der lächelte und nickte.

„Nun hatten wir beschlossen in Tangermünde zu bleiben," ergänzte Herr von Massenbach), „da erhielten wir von Sr. Hoheit, dem Prinzen Louis, Befehl, morgen früh um fünf Uhr zur Jagd in Schrike zu sein und wir zogen es nun, der Nähe wegen, vor, hier zu campiren. Eine Stafette des Prinzen ging zu Ew. Durchlaucht und wir stellten Posten auf, Sie zu erwarten und uns das Signal zum Empfang zu geben."

„Vortrefflich! Aber nur dem Zufalle haben es die Herren zu danken, daß Sie nicht die halbe Nacht ver= geblich gewartet. Ich erhielt weder eine Stafette, noch war es eigentlich meine Absicht, eher als morgen Abend in Schrike einzutreffen."

„Um so dankbarer sind wir dem Gott des Zufalles," erwiderte Massenbach artig.

Der Prinz schritt schon sorglos vorwärts, als er sich plötzlich seines Schiffers erinnerte.

„Hört, lieber Swunken," sprach er zurückgewendet,

„fucht Euch irgendwo ein gutes Unterkommen, aber kehrt
nicht eher zurück, bis ich Euch nochmals gesprochen habe.
Ihr müßt mir einen Auftrag ausrichten — mein Dank
für Eure Hülfe soll sich schon später zeigen." Er reichte
ihm, angesichts der Herren, die Hand und nickte ihm
freundschaftlich zu. Dann ging er mit seinen Begleitern
davon.

Der Oberst von Scharnhorst, jedenfalls der ern=
steste und vernünftigste der ganzen Gesellschaft, wurde
vom Prinzen von Hollsingen ausschließlich zu seiner
Unterhaltung erwählt, während sie auf dem nächsten Wege,
umschwärmt von den jugendlichen Edelleuten, von ihren
Dienern und Hunden, nach dem Jagdhause von Weißen=
warthe gingen. Sein Vorsatz, den er längst gefaßt hatte,
der aber während der letzten Stunden erst reif geworden
war, wurde bedeutend unterstützt durch dieß Zusammen=
treffen, welches sie Beide auf mehrere Stunden ganz
ungenirt vereinigte.

Der Prinz hatte nicht gehofft Scharnhorst beim
Prinzen Louis noch anzutreffen, da er seine Geschäfts=
reise durch die Altmark vollendet hatte und direkt von
Stendal aus nach Potsdam zurück wollte, weil dort von
den Generalen Kalkreuth, Rüchel und dem Prinzen von
Würtemberg eine Zusammenkunft verabredet und er zum
Berichterstatten befohlen worden war. Diese Konferenz

war vertagt. Dadurch gewann der Oberst Scharnhorst
Muße und er benutzte sie gern zu einer Annäherung an
den Prinzen Louis, mit dessen Ansichten von Krieg und
Frieden er vollständig harmonirte, wenn sich auch sonst
wenig Gleichheit in ihren Principien vorfand. Er schätzte
den Prinzen von Hollfingen wegen seines gediegenen
Charakters viel höher, als den preußischen Prinzen und
seinen Anordnungen war es beizumessen, daß ein Courier
abgesendet wurde, ihm die nachträgliche Abänderung
ihrer Jagdbeschlüsse zu überbringen. Dieser Courier
hatte jedoch das Unglück mit dem Pferde zu stürzen und
zwei volle Stunden hülflos, in der öden Landschaft, dicht
vor dem Teufelssumpfe, liegen zu bleiben. Als er endlich gefunden und die Depesche in Solitude abgegeben
wurde, da blieb der Dienerschaft des Prinzen nichts
weiter mehr zu thun übrig, als mit den Pferden und mit
der Garderobe desselben nach Schrike zu ziehen.

„Was haben Sie für Nachrichten seit vorgestern,
meine Herren," begann der Prinz von Hollfingen das
Gespräch, nachdem sie auf dem glatten, grasigen Wege
angelangt waren und im letzten Abendschimmer neben
einander fortwandelten.

„Allerlei Neues!" rief der Herr von Massenbach.
„Haugwitz wird wieder geholt!"

Der Prinz schaute frappirt auf.

„Vom König befohlen? Nicht möglich!"

„Nicht gerade vom König befohlen, obwohl sein
Wille sicherlich dahinter steckt," antwortete Massenbach,
„Man hat mit diplomatischer Feinheit einen Verwand=
ten desselben, den Major von Wendemark, persuabirt,
bei ihm anzuklopfen, ob er nicht geneigt wäre, wieder in
den Staatsdienst zu treten und eine diplomatische Sen=
dung nach Paris zu übernehmen."

„Aber mein Himmel, wohin soll dieser ewige Wech=
sel der Prinzipien endlich noch führen?" fragte der
Prinz. „Kaum daß der König einzusehen scheint, daß
Preußen durch Haugwitzens Politik, durch sein schwan=
kendes, unselbstständiges Handeln, durch sein planloses
Intriguiren, allen Credit, alle Achtung verloren hat,
kaum daß man aufathmet und der festern Staatsklug=
heit Hardenbergs eine günstige Wirkung auf die allge=
meine Stimmung zutraut, so ruft man der Mann, der
sich klugerweise selbst in's Exil zurückgezogen, wieder
herbei? Wozu das, meine Herren?"

„Um durch Schlangenklugheit den Frieden zu er=
halten!" rief der dicke Rittmeister. „Es gibt leider am
Hofe eine Partei, die die Vergnügungen des Friedens
der Ehre des Krieges vorzieht — diese Parthei hat den
schlauen und geschmeidigen Haugwitz nöthig."

„Will der König noch immer nicht einsehen, daß er ein Unrecht begeht, wenn er sich der Coalition mit Oesterreich beharrlich entzieht?" fragte der Prinz aufsahrend.

„Des Königs Wille wird durch Noth bedingt," wendete der Oberst von Scharnhorst ernst und ruhig ein. „Seine Gerechtigkeitsliebe und seine Güte scheuen jeden Druck seines Volkes und er selbst hat keinen Fond ausreichend zum Kriegsbedarf."

„Danach würde Napoleon wenig fragen," warf der dicke Rittmeister von Bollk ein. „Der Besiegte muß aufkommen für die Kosten des Feldzuges — so hat es unser glorreicher Friedrich gemacht, damals war es doch noch eine Lust Offizier zu sein — jetzt aber läßt man seinen Säbel vergebens schleifen — er rostet in der Scheide!"

Scharnhorst wendete sich spottlächelnd zu dem Prinzen.

„Das ist der Muth des Avancements, Durchlaucht! Aber recht haben Sie doch, wenn Sie fragen: wohin soll das am Ende führen? Mir ahnet schon wohin es führen wird. Preußen wird sich durch seine Unschlüssigkeit isoliren und dann allein stehen und allein fallen!"

„Ganz wahr," sprach Massenbach, „denn schon jetzt hört man von einer Coalition Englands, Rußlands

und Oesterreich und zu dieser Vereinigung hat man
Preußen gar nicht aufgefordert!"

Unangenehm überrascht blickte der Prinz den
Obersten Scharnhorst an.

„Ist das wahr?" fragte er scharf. Als dieser nur
die Achseln zuckte, fügte er hinzu: „Dann biete ich meine
Dienste einem anderen Staate, wie Preußen. Aber —
meine Herren — ist denn kein redlicher Mensch in der
ganzen Umgebung des Königs, der ihm die Augen für
das öffnet, was ihm zu wissen noth thut?"

„Se. Hoheit der Prinz Louis hat sein möglichstes
gethan um dahin zu wirken," rief Massenbach. „Er hat
den Zorn und die Ungnade des Königs riskirt — alles
vergebens! Man sucht der Majestät das als Auswüchse
excentrischer Geisteslaunen darzustellen und lullt ihn wie=
der in seinen Friedensschlummer ein mit Liedern von
wachsender Volkszufriedenheit, die sich täglich mehr da=
rin zeige, daß die Theilnahme an den königlichen Ver=
gnügungen steige!"

„Larifari!" spottete der Rittmeister. „Das Volk
begnügt sich in der Armuth seines Verstandes mit den
Brocken, die ihm vom empfindsamen Geistesleben der
feinen Zirkel zufallen und ahmt nach, weil das Volk
zum Affengeschlecht gehört und Vergnügen daran findet
so zu spielen, wie der Hof spielt!"

„Im Grunde richtig, lieber Rittmeister," entgeg=
nete Scharnhorst, „allein es ist doch nicht zu verkennen,
daß seit dem Regierungsantritte unseres liebenswürdigen
Königspaares ein anderer Geist sich regt. Die Bewe=
gung in der Bildung eines ganzen Volkes ist immer erst
ein Interesse an den Amüsements feinerer Zirkel. Von
oben herab muß die Geisteskultur kommen, wenn sie all=
gemein werden soll —"

„Von oben herab muß dann auch die Unterstützung
dieser Kultur kommen," rief Massenbach. „Davon weiß
ich aber ein Lied zu singen, wie es damit steht!"

„Ich gebe gern zu, lieber Oberst, daß Sie eine
allgemeine Geisteskultur richtig charakterisiren," sprach
der Prinz, „es gibt allerdings Uebergangsperioden, die
gefährlich erscheinen und doch nur ein innerer Kampf
krampfhafter Zustände mit reinigenden Elementen sind,
aber wenn ich ihre frühern Schilderungen des Berliner
Lebens mit dem zusammen stelle, was ich unter den An=
fängen einer Volksbildung begreife, so ist mir nicht klar,
wie Sie Ihre Behauptung durchzuführen gedenken."

„Ganz leicht! Betheiligt sich erst die Neugier eines
Volkes, so erwacht die Nachahmungssucht und in ihr
liegen die Elemente, die den Geist elektrisiren und das
Licht der Aufklärung anzünden."

„Sind das nicht ideale Anschauungen eines Dich=

ters? Sind solche Behauptungen auf die Wirklichkeit
zurückzuführen?" fragte der Prinz mit leuchtenden
Blicken den Mann betrachtend, den er immer mehr zu
schätzen Ursache fand.

„Warum nicht? Gehen Sie zu meinem Berufe
über, Durchlaucht. Der Soldatenstand ist gewiß nicht
zu den idealen Standpunkten zu rechnen. Lassen Sie
den Soldaten, der hier bei uns in dumpfem Gehorsam
folgt, neben den Soldaten des neuen Kaiserreiches
agiren. Welch' ein Unterschied! Woher kommt der Un=
terschied? Weil Napoleon selbst als begeisterter Soldat
agirt, weil sein ganzes Interesse darauf gerichtet ist,
weil er es zur Aufgabe seines Lebens macht den tüchti=
gen Feldherrn darzustellen. Es ist sein Vergnügen! Je=
der seiner Offiziere theilt dies Vergnügen und paßen Sie
auf, das französische Volk wird groß werden in diesem
kaiserlichen Vergnügen. Es ist ebenfalls schon längst
zum Interesse geweckt, wird den kaiserlichen Geist in sich
aufnehmen und vom Nachahmungsfieber vorwärts ge=
trieben werden bis zu einer Gewalt und Größe, die fa=
belhaft dasteht."

„Sie wollen doch aber damit nicht behaupten, daß
wir unterliegen könnten, wenn es uns Ernst wäre mit
dem Siegen?" fragte der Rittmeister indignirt.

„Aber auch ganz gewiß werden wir das, wenn es

so bleibt, wie es ist," erwiederte der Oberst sehr bestimmt, „dennn es fehlt uns der Mann, der unseres Volkes Geist entflammen kann. Nur der bitterste Lebensernst vermag unsere jetzige Generation aus dem Schlummer zu wecken, in welchem das üppigste, prunksüchtigste Schlaraffenthum sich gewiegt hat."

„Aber die Königin Louise, sonst der eigentliche nervus rerum dieser Art Geselligkeit, soll nicht schlummern und nicht blind sein, sondern angsterfüllt aus dem Gaukelspiele der Hofatmosphäre in die Zukunft blicken," sprach der Prinz.

„Was kann alles ausschauen helfen," meinte Massenbach etwas bitter, „die hohe Dame erkennt nicht, nein sie ahnet nur, daß Unnatur, Lüge und Schein in ihrem Leben und in ihrer nächsten Umgebung verborgen liegt. Sie liebt aber das Leben — sie liebt ihre Umgebung — sie duldet den Mann in ihrer Nähe, der uns durch seine Geschmeidigkeit, Hinterlist und Eigenliebe in's Verderben leitet."

„Sie meinen den Luchesini?" prahlte der Rittmeister heraus.

„Still — er hat überall seine Horcher —" warnte Massenbach. „Selbst Prinz Louis nennt ihn nur leise einen italienischen Schurken! Bedenken Sie den Einfluß den die beiden Ausländer, der Glücksritter Luchesini und der Avanturier Lombard gewonnen haben. Letzterer nennt sich selbst mit größter Behaglichkeit einen Parvenü und rühmt sich seiner Stellung beim Könige mit grenzenloser Frechheit."

„Lassen Sie doch das den König erfahren," sprach heftig der Prinz. „Sagen Sie doch der Königin, wie erbärmlich der Marchese Luchesini, den sie so gern sieht in ihren Zirkeln, beim Volke angeschrieben ist."

„Um Gotteswillen! Wo denken Sie hin, Durchlaucht!" rief Massenbach mit affektirter Angst. „Ja, hätte ich Lust Eremit von Solitude zu werden, so wüßte ich wohin mit der Ungnade, die meiner wartete."

Der Rittmeister lachte hell auf:

„Wenn in der Luft Geister wären, so möchte es rathsam sein ein solcher Luftgeist schwebte dahin zu den Ohren der Großen der Welt und flüsterte ihnen zu, wie sie mit Feinheit getäuscht und betrogen würden — ein gewöhnlicher Sterblicher wagt solche Grobheiten der Wahrheit nicht."

„Man spielt allerdings überall vor den Herrschern Komödie."

„Wissen Sie, worin das liegt?"

„Weil jede Majestät sich Gott gleich hält und lieber Dankgebete und Lobhymnen hört, als die Wahrheit!"

„Getroffen! Wer seinen Mund aufthut zu „Andeutungen", wird mit verächtlichem Schweigen bestraft und wer sich „offene Darlegungen von Uebelständen" erlaubt —"

„Der wird in den Winkel gestellt!"

„Darüber geht unser Preußen auch noch zu Grunde!"

„Unsere Politik macht uns verächtlich!"

„Sie gibt dem französischen Kaiser Mittel zum Angriff in die Hand!"

„Und die andern Staaten Deutschlands ziehen sich von uns zurück, weil wir ihnen zweideutig erscheinen."

„Oesterreich nimmt an, daß Preußen mit Frankreich liebäugelt, um sich zu heben und zwar auf Oesterreichs Kosten."

„Ja wohl. Und England hält es für Vergrößerungsgelüste Preußens, daß wir uns neutral halten."

„Wir haben aber — einfach gesagt — nun kein Geld zur Kriegsrüstung!"

„Und doch rüsten wir im Stillen und reizen dadurch den neuen Kaiser zum Unwillen? Wo bleibt da die Consequenz?"

„Pah — wir greifen nicht an — was will da der Herr Kaiser mehr?"

„Warum greifen wir nicht an? Warum stellen

wir uns Oesterreich, das jetzt von ihm bedroht wird, nicht zur Seite?"

„Weil Majestät die Nothwendigkeit davon nicht einsieht! Majestät will keinen Krieg und Majestät zürnt ernstlich denen, die anderer Meinung sind."

Prinz von Hollfingen hatte aufmerksam zugehört, ohne sich an diesem Gespräche zu betheiligen, das Schlag auf Schlag folgte, wie es in lebhafter, unbedachter Conversation zu gehen pflegt. Jetzt warf er die Bemerkung ein:

„Ich habe bis dahin geglaubt, es läge in der Natur der Verhältnisse, wenn sich der Herrscher des Landes in feierlicher Haltung vom Volke trennte, allein meine Meinung wird wankend gemacht und zwar durch unser Gespräch. Die Stimme des Volkes müßte mehr zu den königlichen Ohren bringen um ihnen des Volkes Meinung darzuthun!"

„Allerdings Durchlaucht!" entgegnete Scharnhorst lebhaft.

Die beiden anderen Herren sahen sich verdutzt an. Ihnen schien des Volkes Meinung ein Unding. Das Volk war höchstens dazu da um Steuern zu zahlen und sich eventualiter für des Königs Macht und zum Ruhme seiner Offiziere todtschlagen oder todtschießen zu lassen.

„Das sind ja revolutionäre Ideen, Durchlaucht," sprach Massenbach lächelnd.

„Glauben Sie, lieber Freund, daß Sie weniger revolutionär gesprochen haben seit einer halben Stunde," entgegnete ebenfalls lächelnd der Prinz. „Könnte nicht Ihre Ansicht der Verhältniße die Ansicht des Volkes vertreten?"

„Da sei Gott für!" rief der Rittmeister. „Wir wären verloren, wenn das Volk erst überhaupt eine Meinung hätte. Sehen wir nach Frankreich, wo das Volk Guillotinen baute. Wo der Druck von oben aufhört, da schießt das Menschenblut in Strömen auf zum Himmel."

„Beim Kriegführen düngt es freilich nur die Erde," spöttelte der Prinz, um dem muthigen Helden mit glei=chen Waffen zu dienen. „Lassen wir das dahin gestellt sein. Die Zukunft entscheidet vielleicht über unsere Frage. Für jetzt sagen Sie mir, Herr Rittmeister, wie sie mit Ihren Aushebungen hier in der Gegend zufrieden sind. Wie steht's mit der Remonte? Haben Sie Pferde von guter Sorte dazu gefunden?"

„Vortreffliche Pferde, Durchlaucht!" referirte der Rittmeister. „Auch die Mannschaften werden uns Ehre machen. Wir haben unser Augenmerk auf die Race

5*

gerichtet, die mehr auf gute Behandlung, als auf guten Lohn sieht!"

„Das heißt," schaltete der Oberst mißbilligend ein, „das heißt doch nur so weit das Recht reicht!"

„Natürlich!" rief der Rittmeister diensteifrig. „Wir haben tüchtig vorgearbeitet. Die Land= und Ge= richtsämter thaten uns alles zu Gefallen und der nächste Montag wird uns zeigen, was für eine Ernte an brauchbaren Subjecten wir zu erwarten haben."

„Für solche Dinge giebt es keinen brauchbareren Offizier, als Sie," sagte der Herr von Massenbach iro= nisch lächelnd den koloßalen Körper des Rittmeisters musternd.

„Und diese enorme Geschäftsthätigkeit greift Sie wunderbarer Weise gar nicht an — Sie sind wahrhaf= tig noch um zwanzig Pfund schwerer geworden! Was sagt Ihr Pferd dazu, mein lieber Bollk? Dem wird's saurer werden fortzukommen, als Ihnen."

Der Rittmeister kniff während dieser Spottrede die Lippen zusammen, runzelte die Stirn und gab durch sein Geberdenspiel kund, daß er sich ärgerte.

„Auf Kavalierparole," sprudelte er endlich heraus, „es wird mir saurer als Manchem seine ganze Carriere, aber mir fehlt der Fuchsschwanz zum wedeln — weiter nichts!"

„Gottlob, daß der fehlt, sonst mögen Sie noch
schwerer!" scherzte Massenbach gemüthlich weiter, denn
er kannte des Rittmeisters Schwäche für sein Embonpoint,
das er für schön hielt. „Was denken Sie denn ausheben
zu können? Einige hundert etwa?"

„Warten Sie nur acht Wochen und ich stelle ein
paar Schwadronen, daß es eine Pracht ist, trotzdem der
König kein Geld hat!"

„Nur keine Ungerechtigkeiten — keine Bedrückun=
gen, Rittmeister," warnte Scharnhorst.

„Pah — man muß nur den Kopf danach zu hal=
ten wissen!" erwiederte dieser übermüthig lachend.

„Wahrhaftig, Rittmeister, Sr. Hoheit der Prinz
Louis hat recht, wenn er behauptet, Sie wären ein
tüchtiger Bollk!" rief Herr von Massenbach vergnügt.
Alle lachten.

Gleich darauf erreichten sie das Jagdhaus und
vereinigten sich somit mit der übrigen Gesellschaft. Man
überließ sich mit Wohlbehagen den Freuden eines solen=
nen Abendschmauses und der Frohsinn herrschte in vollem
Maße. Von den nothwendigen Kriegserklärungen des
Königs war gar nicht mehr die Rede, man lebte der
Gegenwart, freute sich ihrer und ließ regieren, wer re=
gieren wollte. Erst spät Abends, als der Prinz von Holl=
fingen sein Zimmer aufsuchte, das ihm reservirt war,

fand sich eine Gelegenheit, auf einige Momente mit dem Obersten Scharnhorst allein zu sprechen.

„Wollen Sie mit mir in der kleinen Jolle hinab nach Schrike fahren?" fragte der Prinz hastig seine Hand fassend. „Ich hätte mit Ihnen zu sprechen, lieber Oberst!"

Scharnhorst, nicht eben ausgebildet in der feinern Lebensart, machte ein verwundertes Gesicht und ein steifes Compliment.

„Sie müssen es gern thun," fügte der Prinz hastig hinzu. „Ich habe Vertrauen zu Ihnen gefaßt — Ihre Menschenkenntniß soll mich leiten —"

„Durchlaucht sind zu gütig. Bin ich wohl der Mann, der Ihnen rathen kann?" sprach der biedere Mann bescheiden.

„Ich habe Sie als Einen erkannt, der den Kopf und das Herz auf dem rechten Flecke hat — irre ich mich darin?"

„Nein, Durchlaucht! Mein Herz schlägt für das, was jeden edeln Mann bewegen muß und mein Kopf hat seine Schuldigkeit gethan, indem er mich dahin brachte, wo ich gottlob jetzt stehe."

„Also — wollen Sie mir Rath geben?"

„Wenn Sie glauben, daß ich es kann — gewiß!"

„Gut! Wir brechen etwas zeitiger auf, als die

Andern. Mein guter Freund Smuhken wartet meiner. Wir fahren ab, ehe die Andern es denken —"

„Die ganze Gesellschaft will zu Wasser hinüber, da die Jagd im Rothenseeer Busche abgehalten werden soll und dieser sich bis zur Elbe heranzieht."

„Gut! Unterwegs haben wir Muße. Mein Herz verlangt nach einem treuen Rathgeber, da es selbst zu unruhig bewegt und von Gefühlen in Anspruch genommen wird, die es unfähig zur Ueberlegung machen."

Scharnhorst trat mit einem komischen Schrecken zurück.

„Durchlaucht —" rief er feierlich — „eine Herzensangelegenheit? O Jerum in dieser Strategie kann ich nichts leisten!"

Der Prinz lachte. „Beruhigen Sie sich. Es handelt sich nicht um eine Geliebte, sondern um eine Frau und sechs hoffnungsvolle Sprößlinge."

„Die Sie verläugnen wollen?" fragte der Oberst mit dem schnarrend gezogenen Tone, den er gern annahm, wann er ungehalten war.

„Würde ich dazu Ihres Rathes bedürfen?" erwiederte der Prinz hoheitsvoll.

„Verzeihen Sie dem Manne, der als Bauernsohn, wohl Kriegsmann, aber nie Hofkavalier werden kann,"

bat Scharnhorst herzlich. „Ich bin zu schlicht und grad
für seine Männer!"

„Eben deswegen liebe ich Sie!" rief der Prinz be=
geistert. „Ihre erste Bekanntschaft rettete mein Gemüth,
meine Seele, meine Vernunft und meinen Verstand.
Jetzt bleibt nur das Herz noch zu retten und da sollen
Sie Rath geben!"

„Ich bin bereit! Eignet sich aber ein so kleiner
Kahn, wie der, worin Sie gekommen sind, wohl zum
Audienzzimmer?"

„Jan Swuyken ist mein Freund, Oberst. Er ist
der Sohn des holländischen Einwanderers, dem König
Friedrich das Stück Land schenkte um eine Schneide=
mühle anzulegen. Er ist mein nächster Nachbar und ich
weiß die Zeit noch, wo ich ihn Kreiseltreiben lehrte!"

Der Oberst sah den Prinzen scharf und durchdrin=
gend an, während er leidenschaftlich bewegt sprach.

„Außerdem verbinde ich die Absicht, ihn zum Ein=
geweihten meiner Verhältnisse machen zu wollen, noch
mit dem Plane, ihn als Gesandten nach Solitude zu
benutzen, wo es ein tiefgebeugtes Herz zu beruhigen gilt.
Jan Swuyken ist ein Mensch voll sorgloser Güte, aber
auch voll Redlichkeit, wie selten jemand. Ich würde ihm
mein theuerstes Kleinod unbedenklich anvertrauen."

„Das löscht meine Scrupel!" fiel der Oberst ein,

der sichtlich angezogen von dem seltenen Falle wurde, einen Prinzen in wahrer Freundlichkeit die Vorzüge eines einfachen Bürgers anerkennen zu sehen.

„Jan Swuyken ist ein reicher Mann geworden und dennoch seinen einfachen Sitten treu geblieben."

„Ein gutes Zeichen! Die Hoffarth ist sonst sogleich die Begleiterin des Reichthumes."

„Also laufe ich keine Gefahr, ihn zum Mitwisser eines Geheimnisses zu machen, das für ihn wahrschein= licherweise schon längst keins mehr ist," schloß der Prinz lebhaft. „Wir vertrauen uns seiner „Möve," die er mit kunstgerechter Führung schon als Knabe durch den Strom fliegen ließ. Gute Nacht! Lieber Oberst." Noch ein Hän= bedruck und sie schieden um von diesem Moment an, trotz ihrer verschiedenen Lebenswege, ein reges Interesse für einander zu bewahren.

Daß der Plan, den der Prinz auf Jan Swuykens „sorglose Güte" gebauet hatte, diesen weit länger, als er sich vorgenommen, von seinem Hause entfernte, machte den jungen Mann doch im ersten Augenblicke ein wenig bedenklich. Er wurde noch spät Abends von einem Boten davon in Kenntniß gesetzt, welche Ehre ihm zu Theil werden solle und so lieb ihm einestheils die weitere Fahrt sein mußte, die ihm Gelegenheit verschaffte, den Prinzen

Louis, der sehr beliebt in der Provinz war, von Angesicht
zu Angesicht zu schauen, so unbequem wurde ihm doch
seine weitergeführte Rolle als Steuermann, da er sich
sehr wohl der Verabredung mit Henrike erinnerte, die
ihn nun vergeblich in seiner Bude erwartete. Er konnte
füglicherweise erst spät Nachmittags zurück sein. Dann
aber war sie sicherlich, des Wartens müde, schon wieder
heimgekehrt.

Was ließ sich aber gegen die Bitte des Prinzen,
den er abgöttisch verehrte, thun? Im Grunde versäumte
er nichts. Sein Geschäft ging auch ohne ihn geregelt
seinen Gang, also ergab er sich heitern Muthes dem
Zufalle ohne zu ahnen, daß das Schicksal seinen Lebens-
faden mit denen anderer Personen dadurch verflocht um
ein Dunkel zu lichten.

Er ergab sich jedoch auch später der Bitte seines
Gönners, als dieser, nach der Konferenz mit dem Obersten, es nothwendig fand, Ludmilla einen längern Brief
zu schreiben und wartete, angenehm von der lustigen
Jagdparthie zerstreut, noch einen ganzen Tag, bis der
Prinz Zeit gewann, den Brief zu schreiben. Dann erst
lichtete er Mittags sein kleines, bunt gestreiftes Segel
und flog, wie ein Sturmvogel, vom Winde begünstigt
und von den Wellen heimwärts getragen, seiner Bude
zu, wo er im Dämmerlichte des Abend glücklich anlangte

und sich bereit machte, so schnell, wie möglich „in's Nest"
zu gehen um mit dem frühen Morgen, zuerst, hinüber
nach der Mühle und dann, nach Soli.ude aufbrechen zu
können, wohin ihn sein Herz und seine Pflicht zog.

———————

Viertes Capitel.

Stahl und Stein gibt Funken!

Henrike, ihrer quälenden Unruhe, mehr als gut war, hingegeben, hatte nach und nach Frau Smuyken auch damit angesteckt und dieselbe aus ihrer gewöhnlichen phlegmatischen Ruhe aufgeschreckt. Vereint begannen sie von neuen die Nachsuchungen nach dem sogenannten Freibriefe, ungeachtet der Executor Schlipsak dergleichen Handschriften für unnütz erklärt hatte.

Was sich an Kasten, Kisten, Schubladen und Fächern im Hause vorfand wurde durchsucht. Vergebliches Bemühen! Das Document mußte als unrichtig oder überflüssig betrachtet worden sein — es war verschwunden!

Darüber wurde es Nacht und wieder Tag. Henrike stand am Ufer und sah sich die Augen beinah blind. Jan

kam nicht und es war Freitag. Am Montage sollte sich
der junge Mann vor die Kriegscommission stellen und
— wie Schlipsal, der weise Amtsbote dictactorisch er=
klärt hatte, „eingekleidet werden."

„Wenn nur Jan mindestens da wär," sprach Frau
Smwuyken wohl zehn Mal in einer Stunde und Henrike
accompagnirte diesen Ausruf mit schweren Seufzern.

Der Tag verlief ohne Störung. Der Abend brach
herein. Henrike stand auf der Gallerie und schauete
„banger Sehnsucht voll" hinüber nach den Fenstern von
„Jan's Bude," die anfing der Inbegriff aller ihrer
Wünsche zu werden.

Der Abend war lau und still. Die Wellen des
Stromes schlichen träumend am Ufer dahin. In ihrem
glatten Spiegel glitzerte der Mond. Ueberall Ruhe und
Feierabend.

Henrike fühlte eine unaussprechliche Trauer in sich
erwachen. Sie sah in ihren beunruhigten Gedanken den
jungen Mann aus dem Kreise der Seinigen fortgerissen,
sah die armen, kleinen Knaben gleichsam verwaist, sah
sie, auf die schwache Kraft ihrer Großmutter angewiesen,
wild und ungebändigt aufwachsen, während ihr Vater,
von eines Herrschers Macht und Gewalt gezwungen,
fern von ihnen einem wüsten Soldatenleben sich erg eben
mußte.

Ihr Herz blutete bei diesen Phantasiebildern. Sie
hätte ihr eigenes Leben opfern mögen um dieß Schicksal
von einer Familie abzuwenden, die ihr als die glücklichste
auf der ganzen Erde erschien. — Der Freibrief konnte
allein den Lauf des Unglückes, das sie bedrohete, hem=
men — aber der Freibrief war nicht zu finden!

Sie lehnte sich in eine Ecke der Gallerie und schien
wirklich Lust zu haben die Nacht lieber hier zu verträu=
men, als sich bekümmert, wie sie war, schlaflos in ihrem
weichen Bette umherzuwerfen.

Da rauschte es, ganz von fern und leise, wie ein
Ruderschlag im Wasser. Ein kleiner heller Punkt durch=
schnitt des Mondes Silberfunken, die er im Wasser aus=
gestreuet zu haben schien und Henrike schrie freudetrunken:
„Die Möve!"

Instinktmäßig, ohne klare Besinnung dessen, was
sie unternahm, flog sie wie ein Pfeil zum Ufer, glitt in
ihre Gondel, lösete die Kette und ruderte schon um die
Weiden herum, als Jan Swuyken eben erst ein „Hepp=
chen Abendbrod" begehrte um dann in's Bett zu steigen.

Mit mehr, als gewöhnlicher Kraft ruderte Henrike
gerade hinüber, unbekümmert um die gefährlichen Stru=
del, die sie sonst vermied, wenn sie die Knaben bei sich
hatte. Ob ihre Gondel schwankte und sich, gewaltsam
vom Strome gefaßt, bis zum Kippen wiegte — was

schadete das. Jan war da! Jan sollte, Jan mußte, Jan
konnte gerettet werden! Sie mußte Jan sprechen und
ihm die Rathschläge mittheilen, die ihr Gehirn zu Tage
gebracht — ob sie klug handelte, wenn sie ihn dazu
überredete, was sie sich als Hilfsmittel ausgemalt, ja,
das überlegte sie nicht! Die kluge Henrike hatte zum
ersten Male in ihrem Leben sophistischen Gedanken Raum
gegeben und sie erkannte in ihrer glühenden Herzens=
angst die Sophistik nicht, die darin lag. Hart ließ sie
ihre Gondel auf den Strand laufen und nahm sich kaum
Zeit, die Kette über den Pfahl zu werfen. Im Vor=
wärtsschreiten verwickelte sich ihr Fuß in etwas, das
wüst und unordentlich am sonst reinlich abgespülten
Strande lag. Sie blieb stehen und sah darauf nieder.
Es waren die Blumengewinde, die Gold= und Silber=
papierfahnen des Götterschiffes, gemischt mit zerbroche=
nen Tellern, Gläsern und Flaschen. Der große Kahn
Swunkens hatte gleich Tags darauf irdischen Zwecken
dienen und eine Kahnladung Bretter nach Hamburg
führen müssen. Natürlich mußte die Ausschmückung be=
seitigt werden und man hatte es der Fluth überlassen
Alles das, was von der Götterfreude übrig geblieben
war, in den Schooß des Wassers hinabzuspülen.

Henrike stieß verächtlich mit dem Fuße die eklen
Ueberreste des Götterfestes fort und flüsterte: „Wenn's

nur Mancher fähe, wie's hinterher ausfieht, wenn die Luft vorbei ift, so würd's fchon helfen den Übermuth vertreiben. Aber rückwärts fehen die Großen nicht — das ekelt fie an!"

Flüchtigen Fußes eilte fie hinauf und trat einige Minuten fpäter fo plötzlich vor Jan hin, der ein tüchtig Stück Butterbrod auf der Hand hielt, daß er glaubte eine Spukgeftalt zu fehen. Freudig fprang er auf.

„Wo kommft her, Henrike?" fchrie er mit einer Stimme, als wolle er es dem jenfeitigen Ufer deutlich machen, daß er fich freuete.

„Still nur —" flüfterte fie mit gedämpftem Tone. „Es braucht niemand zu wiffen, daß ich hier war. Schließ' die Thür. — Es hat mich keiner kommen fehen und beim Weggehen will ich's fchon einrichten, daß's auch niemand fieht."

Jan fah fie verwundert an. Ehe ein anderer Gedanke aber in ihm Raum gewinnen konnte, fuhr das Mädchen leife fort:

„Du bift vorgeladen! Am Montag, den 18. follft Soldat werden!"

„Warum nicht gar!" antwortete Jan mit unterdrücktem Lachen.

„Lach' nicht! 'S ift bittrer Ernft! 'S ift reichlich

schlimm!" Ihre Stimme hatte einen Klang, als wolle
sie in Weinen ausbrechen.

„Nur keine Angst, Henrike!" beschwichtigte er sie.
„Hab' ich nicht 'nen Freibrief vom seligen alten Fritz?"

„Ja, wo denn? Schaff' ihn her! Der Gerichtsbote
sagt zwar „der hülf' nichts, denn der König brauche
reich' Leut' zur Kavallerie."

„Ach, hör' doch nicht auf den Amtsboten — der
hat uns mein Lebtag nicht leiden mögen, weil wir frei
von allen Abgaben und Frohndiensten sind. Wir haben
ja Edelmannsrechte — Henrike — laß Dich doch nicht
einschüchtern!"

„Muth genug hab' ich schon, aber gegen Gewalt
hilft kein Recht! Wo ist denn Euer Freibrief, der Euch
Edelmannsrecht' gibt?"

„Er muß ja da sein!"

„Er ist aber nicht zu finden! Und stellen mußt'
Dich und eingekleid't wirst ohne Gnad und Barmherzig=
keit. Und's Pferd ist schon ausgewählt aus Deinem
Stalle, das Dich zur Schwadron tragen soll!"

„I so muß die Höll' platzen!" rief Jan etwas
ernster.

„Hör' zu, Jan! Ich hab' 'was ausgedacht! Fällt's
nicht gescheut genug aus, so erdenk 'was anderes!" Sie
holte tief Athem und fuhr, rasch sprechend, fort:

„Verlaß' Dich d'rauf — ich hab's gestern erlauscht, als sie die Pferd' allzusammen aus dem Stall holten und ein baumlanger Wachtmeister sie hin und her beschaute."

„Mein' Pferde aus meinem Stalle?" rief Jan erstarrt vor Verwunderung. „I — so muß ja die Hölle platzen!"

„Ja wohl! Sie machen gar kein Federlesens, Jan. Verlaß Dich d'rauf, sie werfen Dich in's Loch, wenn Du widerstrebst und es kräht kein Hahn danach!"

„Na nu! Es wird doch 'ne Gerechtigkeit im preußischen Land' sein, Henrike?"

„Ja wohl! Aber die Gerechtigkeit hört auf, wo die Noth anfängt und die Noth ist da. Sie haben da eine Schrift verlesen, wo es d'rinnen stand, daß die Preußen zum Dienst verpflichtet sind."

„Ich hab' ja aber einen Freibrief!"

„Wo hast'n denn? Er ist ja nicht zu finden!"

„Er muß da sein! Als ich's Haus hier bauen wollt', war er noch da und ich hab' darauf auch vom Strelitzer Herzog eine Freikarte erhalten für die Zeit, daß meine Bretter von hier verladen würden. Nachher hört's auf und ich brech' die Bude wieder ab und zieh' 'nüber in's Vaterhaus."

„Dann hast' den Freibrief wohl im Strelitzer Ge=

richtsamte gelassen?" fragte Henrike aufmerkend. „Es
ist weder 'ne Kart' noch ein Brief da, worin was steht
von dergleichen."

„S' müßt sein, daß der Freischein mit dem Kauf-
kontrakt gefordert und eingereicht worden wär'?" meinte
Jan sinnend.

„Mag's sein, wie's will," entgegnete das Mädchen hastig. „Zeit gewonnen — Alles gewonnen! Und
wir gewinnen Zeit, wenn Du verreist bleibst und
wir melden das im Amte."

„Wie meinst?" fragte Jan sehr verwundert über
die Hinterlist, die er an Henrike gewahr wurde. „Das
wär' ja eine Lüge, so ich Dich recht versteh'."

„Eine Lüge soll's nicht sein. Du sollst gleich wieder abreisen. Hast nicht in Hamburg zu thun? Oder
geh' doch nach Strelitz in's Amt und frag' Deinem Freibrief nach."

„So meinst's!"

„Es weiß kein Christenmensch, daß ich hier bin.
Nicht 'mal Dein' Mutter weiß davon. Braucht's denn
Einer zu erfahren, daß Du heimgekommen? Der alte
Heinrich drüben in der Mühle hat ja Bescheid gesagt—
nun setz' Dich mit dem Morgengrauen wieder in Dein'
Möv' und fahr' in Gottsnamen den Strom 'nab, wohin
Du willst!"

6*

Jan mochte die Klugheit dieses Vorschlages wohl einsehen, denn er antwortete nicht und blickte überlegend vor sich nieder. Henrike fuhr fort:

„Haben sie Dich nicht, so können sie Dich wenigstens nicht in die bunte Jack' stecken —"

„Man wird aber denken ich sei desertirt!"

„Bewahr' Gott! Du weißt's ja gar nicht, daß Du gefordert bist!"

„Hör' Henrike — im Grunde ist mir's zuwider, daß ich ausreißen soll, aber ich thu's der Mutter und meiner Kinder wegen. Bin ich einmal eingekleidet, so hilft mir freilich alles Jammern nichts, das ist richtig — ich hab's verschleppt und muß nun thun, was noth ist. Hätt' ich nach dem Freibrief geforscht, so hätt' ich das Recht in Händen — vielleicht findet er sich im Amte von Strelitz. Ich will mal zufragen. Was machen wir aber mit der Möve, wenn ich landeinwärts gehe?"

„Das ist leicht. Du fährst bis nach Boitzenburg und stellst sie dort beim Vetter Langer ein. Von da gehst nach Strelitz in's Amt. Findest den Freibrief, so rutschst ganz sacht wieder zurück nach Deixer Bud' und hältst der Kriegskommission den Schein unter die Nase!"

„Bist Du doch ein wacker Kind, Henrike — hast's gescheut angefaßt. Nun mach' ich mich zurecht und schlaf lieber in Boitzenburg aus. Kannst mir ein Bündel

Wäsch' machen und etwas Proviant zur Reise einpacken.
Da Du einmal hier bist, brauch' ich mich nicht zu pla=
gen." Er schnitt sich erst noch ein Stück Brod ab, strich
es fett mit Butter und nahm ein großes Stück Käse
dazu.

Henrike stand einen Augenblick und betrachtete ihn
freundlich, als freue sie sich seines Appetites, dann ging
sie zur Kommode um Wäsche herauszunehmen.

„Donnerwetter, Henrike," schrie Jan plötzlich auf.
„Ich kann nicht entwischen — ich hab' ja eine Bestel=
lung an die Frau Prinzeß da drüben in Solitude und
ich hab' ihr einen Brief abzugeben —! Ich muß da
bleiben und morgen früh nach dem Forsthaus."

Henrike, im Wahne der Eifersucht, wurde blaß
und machte ein furchtbar empfindliches Gesicht, legte die
Sachen schnell nieder und setzte sich auf den Stuhl, der
neben ihr stand.

„Thu' wie Du willst," sagte sie leise.

Jan sprang auf und nahm ein sauberes Packet
hervor, das er auseinander wickelte.

„Sieh doch hier! Ich muß es in ihre eigenen Hände
legen — Henrike — sag' nur, was ist da zu machen?"

„Wenn Du's sonst nicht der Laura wegen thu'st,
so ist das leicht zu machen," entgegnete das Mädchen

gedrückten Tones. „Ich übergeb's der gnädigen Frau selbst und bestell' ihr, was Du bestellen sollst."

Jan dachte nach. Da der Prinz von Hollfingen geschrieben hatte, so war nicht viel weiter zu bestellen, als daß er gleichsam als Zeuge des ganzen Vorganges am Götterschiff auftreten sollte im Falle die Dame danach fragte. Den Verlauf dieser Geschichte konnte Henrike auch erzählen und der Brief war eben so sicher in ihren Händen, als in den seinen. Konnte der Prinz wohl zürnen, wenn seine eigenen Angelegenheiten ihn zu einer Reise zwangen und er den Auftrag in eben so sichere Hände legte? Nein, gewiß nicht! Sein Gesicht etwas umdüstert, erhellte sich wieder und er sagte, mit erwachender Schelmerei im Blicke.

„S'ist zu gefährlich, wenn ich hinüberschiffe nach Solitude — 's wirklich zu gefährlich — übernimm Du nur lieber das Geschäft, Henrike. Damit Du aber Auskunft geben kannst über unsere Wassenfahrt nach dem Rothenseeerbusche, so will ich Dir's erzählen vom Anfange an, wie's war."

Henrike merkte recht gut seine veränderte Stimmung und wußte auch sogleich woher sie entsprang. Schämiges Erröthen färbte ihr Gesicht und sie ging eilig daran einige Wäsche in ein blaues Tuch zu schlagen und mit starkem Zwirne einzunähen.

Jan setzte sich auf die Ecke des Tisches, baumelte mit den Beinen, sprach kein Wort, sah aber Henriken mit einem Blick zu, als wolle er beim geringsten Fehlstich eine Strafpredigt beginnen.

„Nun—?" sprach das Mädchen nach einer Weile. „Wie war's mit Deiner Fahrt? Was soll ich der Prinzenfrau erzählen?"

„Ja so!" rief Jan lachend. „Na hör' zu! Die ganze Göttergeschicht' war darauf abgekartet den Prinzen aus Solitude wegzuführen. Aber im Hintergrunde steckte die Neugier wegen des Prinzen Liebschaft und vielleicht auch etwas bösartigeres — ich trau' der Oberhofmeisterin nicht recht — das kannst ihr sagen, wenn die Frau Prinzessin danach fragen sollt'. Hörst — die Oberhofmeisterin Gräfin Goltz — behalt den Namen."

Henrike nickte, statt jedes Versprechens und Jan erzählte ihr darauf die Geschichte vom Anfang bis zu Ende, mit allen Spezialitäten, wie er sie theils mit erlebt, theils aus der Seelenstimmung des Prinzen entnommen hatte.

„Und weswegen warst mitgefahren?" fragte Henrike ruhig ihren Blick von der Arbeit aufschlagend.

„Ja — weswegen wohl?" wiederholte er neckisch. „Die Laura war doch nicht dabei — weswegen könnt' ich nun wohl mitgefahren sein?"

„Die Laura soll doch mit Flügeln an den Armen, am Strande gestanden haben?" sprach Henrike.

Jan lachte.

„Ja, ja! Ich glaub' sie wollte einen Schwan vor= stellen — sie blieb aber eine Gans! Glaub's nur!"

Henrike schaute nicht wieder auf.

„Mitgefahren ist sie aber nicht, Henrike! Sie machte zwar ein Gesicht, als hätt' sie saure Pflaumen gespeist, daran kehrten sich jedoch die Götter und Göt= tinnen gar nicht, am wenigsten der Prinz, der abzusto= ßen befahl und sie stehen ließ, wo sie stand. Es ist ei= gentlich schad', daß sie nicht dabei war, sie hätt' wieder was lernen können!"

„Ich denk' sie ist schon gebildet genug für eine Frau Smuhken!" meinte Henrike leise.

„Noch lange nicht! Aber sie kann's schon besser, als Du, das geb' ich zu."

Henrike lächelte mit der ernstern Würde einer Loot= sentochter und fädelte einen neuen Faden ein.

„Jesus, wenn ich daran denk', Henrike, wie sie vor ein paar Tagen da, am nämlichen Flecke saß, wo Du jetzt sitzest —" Henrike rückte unwillkürlich mit dem Stuhle, als wolle sie weg von dem Flecke — Jan lachte und rieb sich schelmisch die Hände — „Du hättest sie nur sehen sollen, wie fein — wie fein!"

„Glaub's gerne!" antwortete das Mädchen, eifrig stichelnd um fertig zu werden.

„Du hätteſt nur hören ſollen, wie ſie ſich abquälte unſer liebes Deutſch ganz echt franzöſiſch auszuſprechen —"

„Lüg' nicht! Wo ſoll ſie denn das gelernt haben?"

„Dir will ich's verrathen!" ſprach der junge Mann halb ernſt, halb den Ton der Neckerei beibehaltend. „Vor zwei Jahren, als der Bernadotte mit ſeinen Franzoſen da drüben in Hannover wirthſchaftete, da hatte ſie gar zu gern da d'rüben zu thun!"

Henrike ſchlug überraſcht das Auge zu ihm auf. Alſo nicht Wankelmuth, ſondern eine moraliſche Entrüſtung hatte die Jugendliebe Jan Swuntens erſchüttert.

Der Blick ihres Auges traf den jungen Mann ſonderbar bis in's Herz hinein.

Jetzt war das Mädchen fertig mit Nähen. Sie ſtand auf — aber ſei es, daß ihr Gefühl überhaupt mächtig angeregt war oder empfand ſie die Trennung von Jan auf ungewiſſe Zeit ſo lebhaft — genug, eine einzelne, ſchwere, helle Thräne fiel auf das Packet nieder, daß ſie noch in der Hand hielt. Geſchwind wendete ſie ſich ab. Jan hatte es jedoch ſchon geſehen, faßte ihren Kopf und hob ihr Geſicht ſchnell der Lampe zu, die dicht vor ihm ſtand.

„Warum weinst Du Henrike?" fragte er weich und freundlich. Sie blieb die Antwort schuldig.

„Glaubst doch nicht, daß ich traurig gewesen bin, weil die Laura lieber mit französischen Colonels, als mit 'nem Brettmüller verkehrte? Gott behüt' mich. Ich ärgert' mich damals nur, daß ich ihr geglaubt hatt', als sie mich „mein Geliebter" genannt. Er sprach das Wort „mein Geliebter" so grundkomisch aus, daß Henrike sich des Lachens nicht erwehren konnte. „Dein' Schwester hatt' ich zehn Mal lieber, als den Affen, der den Vornehmen nachläuft!"

„Jan — thust Du's nicht selbst?" fragte Henrike vorwurfsvoll. Der junge Mann blickte von der Seite zu ihr auf. Sie hatte seine Schwäche also schon ausgespürt. „Läugn's," sprach sie weiter. „Ist Dir irgend Einer in der Welt lieber, als der Prinz von Solitude und der junge Herr von Kerkenhagen?"

„Bin ich doch groß geworden mit ihnen," scherzte Jan geschmeichelt von der Erinnerung an seine Jugendzeit. „Hab ich doch mehr mit gnädigen Fräuleins gespielt, als mit Bauerndirnen. Was willst Henrike? Denkst, daß ich nicht gleich eine hübsche Pfarrerstochter in meine Bude führen könnt'? Zehn für Eine, Henrike!"

„Thu's doch — wer wehrt Dir's denn?" sprach

das Mädchen trotzig die Lippen aufziehend. — „Ich muß bald heim in's Vaterhaus!"

„So? Ja, dann möcht' ich mir die Sach' doch noch reiflich überlegen!"

„Hast reichlich Zeit beim Reisen!"

„Bist nicht sicher, daß ich mir 'ne Frau mit= bringe!"

„Nimm sie nur hübsch und vornehm genug!" meinte Henrike die Augen mit einem Anfluge von Spott zu ihm emporhebend.

„Kannst mein' Mutter immer darauf vorbereiten, daß sie ein Prinzeßchen oder 'ne Gräfin oder ein Hof= dämchen zur Schwiegertochter bekommt. Bin ja deswe= gen in's Götterschiff geklettert und hab' sie mir Alle in der Nähe betrachtet."

„Glaub's schon! Es sieht Dir ähnlich! Wärst lie= ber Baron als Müller!"

„Geld genug, den Baron zu spielen, hätt' ich schon," entgegnete Jan Swupken sehr selbstgefällig.

„Nimm's nur mit nach Hamburg, sonst holen sie's Dir während Deiner Abwesenheit weg."

„Es ist d'rüben. Du hast ja ein gut Gemüth und wirst's mir schon bewahren — nicht? Du antwort'st nicht? Schlägt Dir's Gewissen endlich?"

„Wie so denn?" fragte sie erstaunt.

„Ja, weil Du fühlst, daß Du gar kein Gemüth
hast und auch gar kein Herz —".

Henrike sah ihn groß an.

„Sieh' mich nur an. So ist's. Du hast gar kein
Herz, wo das sitzen müßt', da hat sich ein Kobold hin=
eingehockt, der aus Stolz und Hochmuth fabrizirt ist."

. Henrike schüttelte voller Verwunderung den Kopf.
Jan fuhr, immer eifriger und schneller sprechend fort:

„Denn, wenn Du nicht so stolz wärst, so sähest
mich nicht, wegen meiner Schwächen so über die Schul=
tern an — und wenn Du nicht so hochmüthig wärst,
dann trügest mir's nicht nach, daß ich Dein' Schwester
schöner gefunden hab', als Dich. Und daß Du's nur
weißt, ich hab' Dich doch gleich von Anfang an gut lei=
den können und als mein hübsch' Weibchen starb und
mir die beiden schreiigen Jungen hinterließ, da sagt' ich
gleich zur Mutter Swuylen, daß das Unglück kleiner
werden würd', wenn Du kämst. Und richtig — es
wurd' kleiner und immer kleiner bis nun aus dem gan=
zen Unglück b e i n a h' e i n G l ü c k geworden ist."

Henrike hatte andächtig zugehört, wie es einem ar=
men Sünder bei einer Strafpredigt geziemt. Furchtsam
wich sie bis in den Winkel zurück, als Jan jetzt auf sie
zutrat und ihre Hände festhielt. Ihre Augen glänzten

und ihre Wangen brannten fieberhaft, aber sie riß ihre
Hände dennoch aus den seinen und sprach fest:

„Wär's nicht Vermessenheit, wenn Du wolltest im
Angesicht des Sturmes von Glück reden? Bete zum
Höchsten, daß er Dich beschütze!"

Jan sah sie mit düsterem, traurigem Lächeln an.

„Hast kein Herz, Mädchen, aber ich denk' meine
Kinder liebst genug um sie nicht zu verlassen!"

Henrike athmete heftig. Sie hielt es für rathsam
gar nichts zu erwiedern, da sie das nicht sagen durfte,
was sie hätte entgegnen können.

Jan Swuntken, zurückgewiesen mit seiner verblüm-
ten Liebeserklärung schwieg nun ebenfalls und fing an
sich zum Fortgehen bereit zu machen.

„Ich will fort ehe Du abfährst," sagte das Mädchen
endlich leise. „Hast noch was zu sagen — was zu bestellen für's Geschäft? Deiner Mutter vertrau' ich nichts
von unserm Plan. Sie verplappert sich leicht. Schärf'
nur Deiner Magd und dem Holzwärter ein, daß sie
nichts verrathen von meinem Hierherkommen."

„'S hat Dich niemand gesehen," meinte Jan mür-
risch. „Die Magd hat mir nur 'nen Imbiß gebracht
und ist dann wieder in's Bett gekrochen. 'S wird Zeit,
daß hier wieder 'ne Frau waltet — ich leb' schlimmer,

als mein Holzwärter, der doch seine Kinder wenigstens alle Tag' sieht."

„Kannst's ja leicht ändern —" entgegnete Henrike schüchtern und ging zur Thüre.

„Wills auch ändern!" sprach Jan heftig werdend. „Wenn die G'schicht hier vorbei ist, verkauf' ich den Kram und zieh' nach mein' Mutter über, wo ich ein gutes Gesicht seh' und ein gutes Wort hör' — dann kannst abziehen nach Deiner Heimath, wo Du bald 'nen Mann finden wirst nach Deinem Geschmack, der nicht mit den Vornehmen läuft und keine Laura gehabt hat! Am besten wär's, ich stellte mich am Montag und ließe mir die Husarenjacke anziehen. Krieg gibt's bald genug — in Oest'reich ist's schon nahe d'ran und wenn eine blaue Bohne mich trifft, so ist nichts daran gelegen!"

„Sprich nicht so gotteslästerisch Jan," warnte Henrike. „Denk' an Deine Kinder —"

„Die sind gut genug d'ran," fiel er ein. Henrike faßte die Thür und machte sie auf.

„Wenn Du's nicht besser haben willst, wie die," sagte sie leise, „so gut kannst's reichlich kriegen!"

„Wie meinst das?" fragte Jan. „Die Kinder kannst leiden, mich nicht!"

„Am End' doch und noch mehr, als die Kinder—" sagte sie noch leiser." 'S ist nur die Zeit nicht, davon

zu sprechen." Sie stand schon mehr draußen, als in der
Stube.

„Henrike, Du narr'st mich nur! Ich glaub's nicht
eher, als bis Du mir die Hand d'rauf gegeben!"

„Wenn Du wieder kommst, Jan!"

„Nein gleich! Denk', wenn ich lange, lange weg=
bleiben müßt' —" Henrike schüttelte das Haupt.

„Was soll' Dein' Mutter glauben! Nein — komm
nur erst glücklich heim, dann reden wir weiter davon.
Reis' glücklich, mein lieber Jung', reis' glücklich."

Jan sprang zur Thür um sie aufzuhalten. Fort
war sie. Er eilte hinaus — er lief den Steg zum Strande
hinab — das Mädchen mußte haben hexen können, denn
er sah im Mondenlicht, wie sie in ihre Gondel sprang,
das Ruder einsetzte und bald mehrere Klafter weit in's
Wasser stieß.

„Gott behüt' Dich, Jan!" flüsterte es zu ihm her=
über. „Gott behüt' Dich!"

Daß Henrike mit strömenden Augen diesen Se=
genswunsch sprach, merkte der zornige junge Mann nicht.
Er stampfte mit dem Fuße auf und schien erst große Lust
zu haben, nicht der Verabredung nachzukommen, die er
mit ihr getroffen, bloß um sie zu ärgern. Bald aber
kehrte sein guter Geist zurück und er machte sich zur Ab=
fahrt bereit.

Bevor Henrike noch drüben in der Bucht einge=
laufen war, schwellte ein frischer Nachtwind sein kleines
Segel und die Möve verschwand aus ihrem Gesichts=
kreise.

Fünftes Capitel.

Die Nebenbuhlerinnen.

In Henrikens Brust regten sich seltsame Wider=
sprüche, als sie am nächsten Morgen mit klarem, nüch=
ternem Sinne die Zusammenkunft überdachte, welche in
ihrem Verhältnisse zu Jan weit mehr verändert hatte,
als es äußerlich den Anschein haben mochte. Sie wußte
jetzt, daß er nicht gleichgültig gegen sie war! Genügte
ihr das? O Gott bewahre! Für den Augenblick war sie
noch so romantisch gesinnt, daß sie in jungfräulicher
Sprödigkeit keinen Werth auf die Werbung eines Man=
nes legte, dem sie die dritte Liebste war, während er ihre
erste und einzige Liebe. Das war eben der Stolz ihrer
Seele, daß sie ihr Herz ihm ganz unentweiht darbrachte.
Er sollte und mußte aber nun auch lange werben, ehe sie

sich zum Eingeständniß dessen bereitwillig finden lassen wollte, was darin glühete.

Unter dergleichen Gedanken versah sie am frühen Morgen erst ihre übernommenen Pflichten und überlegte nebenbei, wie sie, ohne Aufsehen zu erregen, nach Solitude kommen könne um den Brief und die mündliche Botschaft an die Dame daselbst auszurichten.

Schon jetzt fühlte sie das Unbehagen, das eine Verheimlichung stets im Gefolge hat. Eine Lüge erzeugte die andere. Als Frau Smuyken höchst verwundert fragte, ob denn ihr Sohn noch nicht wieder zurück sei, da lag in ihrem Schweigen eine Verheimlichung, die der Lüge glich.

Henrike empfand das tiefer, als ein anderer Mensch. Ihr feines Ehrgefühl, die Sittenstrenge, die ihr eigen war und ihr Glaubenssystem lehnten sich, im Bunde, gegen ihr begonnenes Werk auf, als es seine ersten Folgen entwickelte, allein die Klugheit regierte ihre Zunge und sie schwieg, obwohl sie die Frage der Frau Smuyken am besten hätte beantworten können.

Nachdem die Kinder besorgt waren, ging sie daran sich für den Besuch in Solitude zu kleiden. Natürlich mußte sie Frau Smuyken davon in Kenntniß setzen und sie sagte deshalb in ihrer ernsten, ruhigen Weise:

„Ich hab' da gestern eine Besorgung nach dem

Forsthause übernommen. Es ist wohl am besten, wenn ich früh Morgens den Weg dahin mache."

Frau Smuhken wendete sich ganz herum zu ihr und betrachtete sie lächelnd.

„Nach Solitude willst?" fragte sie. „Das ist auf= fällig! Willst wohl der Laura 'ne Visit' machen?"

„Warum nicht? Möcht' sie gerne sehen!" antwor= tete Henrike, ganz gewiß der Wahrheit gemäß.

„Dann geh' nur!" lachte die Frau. „Mach' Dich aber hübsch blank! Zieh' das rothe Corset mit den Sil= berspangen an und setz' Dein' Vierländerhut auf, der kleid't Dich!"

Henrike nickte etwas stolz und trotzig. „Nein, über die Eifersucht!" neckte die Frau weiter. „Schaut nur mitsammen in den Spiegel, dann wirst wohl einsehen, daß es kein Hexenwerk ist, wenn Du sie ausstichst. Schön ist das Frölen kein'sweg's. Glaub's!" Weiter that sie keine Frage nach dem Grunde dieses Besuches.

Henrike, froh, so leichten Kaufes davon gekommen zu sein, putzte sich nach dem Brauche ihres Standes, ließ sich den Weg nach Solitude nochmals beschreiben und verließ die Mühle mit jenem leichten Herzklopfen, dessen sich auch der tapferste Mensch nicht erwehren kann, wenn er in irgend einen Kampf geht.

Eilig durchschritt sie das Gebüsch und fand sich

7*

beim Ausgange desselben dem breiten Sumpfe mit seinen
rothen und gelben Blumen, gerade gegenüber. Ein
Schauer der Erinnerung überlief sie bei diesem Anblicke
und es war ihr fast, als sähe sie einen hochgewachsenen
Mann zu Pferde quer über sprengen und vor ihren
Augen versinken. Die Erzählung Jan's tauchte lebhaft
vor ihr auf und sie zauberte, den Weg, der, mit Gelän=
dern abgezeichnet, darüber hinführte, zu betreten.

Einige Athemzüge verschafften ihr neuen Muth.
Die Beklemmung wich. Fest überschritt sie die verhäng=
nißvolle Stelle und wählte dann den breit ausgetretenen
Pfad, der sie wieder in's Gebüsch und nach einigen
Minuten bis an die Weißdornhecke leitete, wohinter das
einfache Waldhaus versteckt lag.

Abermals überschlich eine beklemmende Schüchtern=
heit das junge, sonst so muthige Mädchen, das den
Kampf mit den stürmischen Wellen nicht scheuete.

Zögernd blieb Henrike stehen und lugte durch eine
Oeffnung der Hecke nach dem Hause hin, als wolle sie
sich überzeugen, daß keine bösen Geister dasselbe bewach=
ten. Der Anblick, welcher sich ihr darbot, beschwichtigte
alle Angst und gab sie ihrer ganzen Besonnenheit wieder
zurück.

Da saß im Hofe, auf einem Rasenflecke, der von
zwei großen Bäumen Schatten erhielt, ein alter Mann

mit schneeweißem Haare das er frei um den Kopf trug
und mit einem mächtigen Schnauzbart, gleichsam ver=
wachsen ließ. Es war augenscheinlich ein Invalide, dem
die Gicht das Forstwesen verleidet hatte, denn große
hoch heraufgehende Pelzstiefeln bekleideten seine Beine
und der grüne, etwas verschossene Rock war auch, trotz
der Augustwärme, mit Pelz gefüttert.

Dieser alte Jägersmann saß auf einer Bank und
theilte, in echter Jägergemüthlichkeit, sein Frühstück mit
zwei eben so stark invaliden Jagdhunden, denen jetzt eine
Brotrinde mehr zu schaffen machte, als sonst der Wirbel
eines Hirschhalses. Zwei Knaben standen dabei und
lachten stets aus vollem Halse, wenn die Hunde ein
Stückchen Brotrinde auf die Erde fallen ließen und es
dort mit unzweifelhafter Trauer betrachteten.

Auch der alte Förster lächelte über die Grimassen
seiner Hunde. Was er dazu sprach konnte Henrike, wegen
der Entfernung nicht verstehen, allein in dem Geberden=
spiele lag ein Bedauern, daß er sowohl, wie seine Hunde,
zum Beißen untauglich geworden waren.

In dem Augenblicke, wo Henrike, neu ermuthigt,
vorwärts schreiten wollte, erschien ein Frauenzimmer auf
dem Platze, nahm die Knaben an der Hand und führte
sie in das Hauptgebäude hinein, während der Förster
sich ebenfalls erhob und nach einem Seitengebäude

ging, das im Hintergrunde, neben den Wirthschafts=
häusern stand.

Henrike bedauerte lebhaft durch ihr Zaudern die
Gelegenheit versäumt zu haben, Zurechtweisung von dem
alten Manne fordern zu können. Unmuthig eilte sie um
die Hecke herum nach dem Eingange, der mit einem hohen
Gitterthore verschlossen war. Sie öffnete die Thür,
trat ein und eilte unverzüglich nach der Gegend hin, wo
sie den alten Mann, dessen gemüthliches Wesen ihr Ver=
trauen geweckt, hatte verschwinden sehen. Statt seiner
erblickte sie das Frauenzimmer, welches während der Zeit
wieder vom Hause nach dem Rasenplatze gegangen war
und ein kleines, engelschönes Mädchen neben die Jagd=
hunde niedergesetzt hatte, die sich sogleich in den gemüth=
lichsten Rapport mit ihr vertieften. Kaum kam diesem
Frauenzimmer Henrike zu Gesicht, so machte sie ihr
eigenthümliche Pantomimen, die sie einluden so schnell,
wie möglich zu folgen. Henrike hatte eigentlich keine Lust
dazu. Ihr richtiger Tact sagte ihr, daß diese geputzte
Person nicht die Frau Prinzeß sein könne und daß sie
wahrscheinlich die Ehre habe vor Mamsell Laura zu
stehen.

Als sie zögerte kam dieß Frauenzimmer eiligst auf
sie zu. Henrike erwartete sie mit einem Lächeln. Der
Nimbus, womit sie Jan's erste Jugendliebe umzogen

hatte, erlosch, als sie dieß Wesen mit dem hellfarbigen Kleide, reich mit grellfarbigen Schleifen aufgeputzt, in ihren weißen Schnabelschuhen auf sich zuhüpfen sah. Ihr hastiges Wesen, die Beweglichkeit ihrer Glieder beim Laufen gab ihr in Henrikens Augen etwas so lächerlich flatterndes, daß sie die ganze Erscheinung mit einem „schlikernden Segeltuche" verglich.

„St!" flüsterte Laura in einiger Entfernung und winkte abermals. „Komm doch näher, meine Liebe — Dich sendet gewiß die Gräfin Goltz zu mir!" fügte sie dann mit gelungener Herablassung hinzu.

Henrike sah sie scharf an.

„Mit Verlaub —" entgegnete sie kalt. „Ich red' mit Niemand hier, wie mit der gnädigsten Frau und muß erst sicher sein, daß sie's ist!"

„Wie?" flüsterte Laura, geziert die Hände über einander kreuzend. „Zur gnädigen Frau willst Du, mon petit enfant? Was willst Du von ihr?"

„Das werd' ich ihr allein sagen!" erwiederte Henrike trocken.

„Wer sendet Dich denn, meine Liebe?" examinirte Laura in naseweisem Tone.

„Jan Swuyken!" sprach Henrike, ernsthaft und würdig in ihr Gesicht schauend.

„Ah, — dann ist's doch an mich — der liebe

ami — die Gräfin Golk hat wohl an mich geschrieben? Gib her, meine Liebe —" setzte sie schnell hinzu, als sie in Henrikens Körbchen, welches sie am Arme trug, einen Brief zu entdecken glaubte. „Gib her — der Brief ist an mich — ich bin Laura —"

„Mit Verlaub — ich kann lesen. — An Frau Ludmilla von Hollfingen steht auf dem Brief' und Jan Swunken sagt, eigenhändig sollt' ich ihn besorgen."

„So gib her — ich will ihn hineintragen!" sprach Laura, getäuschte Erwartung in allen Mienen.

„Mit Verlaub — eigenhändig — ich hab's versprochen!" belehrte sie Henrike.

„Welche Albernheit!" rief Laura mit Nasenrümpfen. „Monsieur Jan denkt wohl an alte Zeiten, wo er hier „Freiheit und Gleichheit" spielte — die Zeiten sind vorbei — gib her den Brief — kannst auf Antwort warten, ma chère!"

„Quäl' Dich nicht!" sprach Henrike in der möglichsten Ruhe und Gelassenheit. „Was Du da französirst versteh' ich nicht. Den Brief geb' ich, auf gut deutsch gesagt, nur in die Händ' der Frau Ludmilla, so wahr Gott lebt!"

Laura, außer sich vor Erstaunen über die Frechheit, daß diese Bäuerin ihr Du erwiederte, sah sie starr an

und rief: „Was fällt der Person ein? Ich habe mit Dir
noch keine Bruderschaft gemacht —

„Ich auch nicht!" rief Henrike gleichmüthig da=
zwischen.

„Wer ist Sie denn, Sie naseweise Person, die mit
Bauerntölpelei in ein vornehmes Haus tritt —"

„Vom Haus hab' ich noch nichts gesehen, wie die
Wänd' und 'ne Dienerin. Ich aber bin nichts weiter,
als Jan Swintkens Schwägerin und bitt', daß Sie so
gut sein möcht' und mich der gnädigen Frau Ludmilla
von Hollfingen anmelden, Sie kann auch dazu sagen,
daß der Herr Prinz ihr durch mich 'nen Brief sende!"

Laura stellte sich breit vor sie hin und blickte ihr
unverschämt in's Gesicht, das halb vom breitkrämpigen
Hut verschattet, um so lieblicher aussah.

„Also die Schiffermamsell seid Ihr? Ja, da hätte
ich freilich erwarten können, daß Euch Lebensart man=
gelte. Warum habt Ihr mir nicht gleich gesagt, wer Ihr
seid."

„Weil ich reichlich so viel Lebensart von Euch er=
warten konnt', daß Ihr 'ne Fremde nicht wie 'ne Bett=
lerin behandeln würdet!" entgegnete Henrike mit ruhiger
Würde.

Laura machte sich bereit diese Replik gebührend zu
beantworten.

Unterdessen war der alte Förster, vom Wortwechsel
gelockt, wieder in's Freie getreten und hatte von seiner
Thürschwelle aus, die letzten Ausfälle Laura's mit ange=
hört. Kopfschüttelnd ging er näher.

„Laura, was sind denn das für Geschichten," rief
er mißbilligend. „Melde doch das junge Frauenzim=
merchen!"

„Zum Melden bin ich nicht engagirt," erwiederte
Laura hochfahrend und ging trippelnden Schrittes zu
dem kleinen Mädchen zurück, das sich während der Zeit
mit den Jagdhunden herumgewälzt hatte.

„Dann will ich es thun, liebe Jungfer," sprach er
treuherzig zu Henrike, die ihm mit herzlichem Lächeln
entgegen sah und ihm ohne Umstände den Brief reichte.

„Gebt den Brief nur ab, lieber Herr Förster,"
sagte sie zutraulich, „und sagt der Dame, daß ich d'raußen
wär', wenn sie mich noch 'was fragen wollt!"

Der Förster nickte und schritt langsamen, schaufeln=
den Ganges sogleich in's Haus hinein. Henrike aber
lachte innerlich und dachte:

„Das also ist die Laura, vor der mein Herz in
Zittern und Zagen schlug? Na, die thut mir nichts wie=
der, weder in der Furcht, noch in der Lieb'. Hat darum
der Jan immer so schelmisch gelacht, wenn ich Eifersucht

zeigt'? Na — mit solcher Kost ködert man kein' gesun=
den Fisch."

Sie blickte unwillkürlich hin zu ihr. Da saß sie auf
der Bank und hatte ein Buch, worin sie zu lesen schien.
Das kleine Mädchen spielte noch immer mit den Hunden
und sah dabei so wunderbar engelhaft aus, daß es Hen=
riken näher zog.

Kaum merkte das die Kleine, so warf sie ihr Kuß=
händchen zu und rief sie heran.

Henrike widerstand dieser Aufforderung nicht. Die
Kleine kam ihr entgegen. Sie nahm sie auf den Arm
und blickte, unwillkürlich gerührt, in dieß reizende Kin=
derantlitz, das, von hellblonden Löckchen umrahmt, einem
Engel ähnlich war.

„Ei —" sagte die Kleine schmeichelnd und schmiegte
sich dreist an die Fremde an. Henrike küßte sie. Wie eine
Furie sprang Laura von ihrem Sitze herbei.

„Fürstenkinder küßt man nicht in's Gesicht," sprach
sie hochfahrend und zornig. Sie riß das Kind an sich
und lief dem Hause zu, aus welchem so eben der alte
Förster wieder heraus trat.

„Gnäd'ge Frau läßt Euch bitten zu warten," sagte
er freundlich. „Wollt' Ihr in's Haus gehen oder lieber
hier unter den Bäumen bleiben?"

„Lieber unter Gottes freiem Himmel!" rief Henrike

tief aufathmend. „Euer' Tochter hat recht — in ein'
vornehm' Haus paß ich nicht!"

„So setzt Euch nur! Der Diener wird Euch eine
Erfrischung bringen. Wenn es Euch genehm ist, leiste ich
Euch Gesellschaft!" fügte er gutmüthig hinzu.

„Ach wohl! Freud' macht's mir. Ich kenn' Euch
schon aus Jan's Erzählungen."

„Hat er mich noch nicht vergessen?" fragte der alte
Mann freundlich. „Ja, wir haben zusammen manchen
Sprenkel aufgestellt und manchen Hasen geschossen, als
meine alten Beine noch konnten, wie ich wollte. Jetzt
habe ich ihn lange nicht gesehen! Er hat ja wohl seine
junge, schöne Frau verloren? In der Liebe scheint er kein
Glück zu haben. Erst machte die dumme Laura ihm
crève coeur und nun stirbt ihm die junge Frau. —
Aha — da kommt der Bediente — hieher, guter Freund
— bringt ein Tischchen heraus — das junge Frauenzimmerchen will lieber hier bleiben."

Der Diener verschwand wieder, allein es währte
nicht zwei Minuten, so stand ein hübsch servirtes Frühstück, aus kalter Milch, Weißbrot, Butter und Eiern
zusammengesetzt, vor ihnen auf einem kleinen Tische, der
sauber gedeckt war.

„Unser gewöhnliches Herrschaftsfrühstück —" sagte

der alte Mann lächelnd. „Die Kinder werden nicht ver=
wöhnt! Die Gnädige erzieht sie bürgerlicher einfach!

„Aber küssen darf kein bürgerlich' Mund die Für=
stenkinder!" entgegnete Henrike, ihrer verletzten Eigen=
liebe endlich Worte gebend.

„Das hat wohl Laura gesagt! Mit d e r wird es
alle Tage toller! Jan mag Gott danken, daß seine Eltern
von Anfang an dagegen waren. Es ist kein gutes Blut
in ihr. Jetzt will sie mit Gewalt Hofkammerkätzchen
werden — es wird ihr schon gereuen, denke ich! Aber
langt zu, liebe Jungfer."

„Sagt Henrike zu mir," bat das Mädchen. „Ich
mag Euch so gern und da thut's Einem gut, wenn man
mit dem Namen angeredt' wird, den sie Einem mit dem
heil'gen Taufwasser gegeben haben."

Der Förster sah sie wohlwollend an. „Seht mal
— das ist kurios — ich habe Euch auch gleich leiden
können, als Ihr da so stolz der Laura das Widerspiel
hieltet." Er reichte ihr die alte, trockene, aber redliche
Hand und schüttelte die ihrige, als sie dieselbe kindlich
froh, hinein legte.

„O, ich kannt' Euch schon! Ich wußt' gleich, wer
Ihr war't!" sagte sie. „Und der Jan liebt Euch noch
immer. Er sagt' noch neulich, als er mir von der schreck=

lichen Geschicht' beim Teufelssumpf erzählt', daß er Euch
besuchen wollt' um Euch nach dem Herrn auf Kerkenhagen zu fragen, den sie „Major" nennen."

Der Förster horchte auf. „Was ist das für eine
schreckliche Geschichte, liebe Henrike?" fragte er nach-
sinnend. „Ich weiß ja von keiner schrecklichen Geschichte!"

„Erinnert Euch doch nur," sprach sie eifrig, indem
sie das Glas Milch, wovon sie gekostet, wieder nieder-
setzte. „Ich hab' gar nicht davor einschlafen können und
hab' wirklich manchmal gedacht, Jan hätt' mich nur
schrecken wollen. Aber heut hab' ich's ja gesehen, daß
wirklich ein Geländer gezogen ist um ferner Unglück zu
verhüten." Der alte Mann hörte kopfschüttelnd zu.

„Ja, Unglück mag wohl beim Sumpf öfters geschehen sein", meinte er.

„Seid Ihr's denn nicht gewesen, der mit Jan
Sprenkel gestellt, als der lustige Reiter g'rad zu in den
Sumpf geritten ist?

„Ei ja wohl!" rief der alte Mann mit plötzlicher
Erinnerung. „Ei ja wohl — ich weiß es noch, wie heute,
es war ein nebliger, warmer, stiller Herbsttag und Jan
half mir auf dem Dohnenstiege. Er war von Klein auf,
ein anstelliger, aber höchst schelmischer Junge, den ich
immer gern um mich hatte."

„So ist er geblieben, bis heut'", warf Henrike treu=
herzig ein. „Wie war's denn weiter, lieber Herr För=
ster?"

„Ja — da kamen über die Bruchwiesen daher zwei
Reiter. Sie mußten wohl aus der Gegend sein und Be=
scheid wissen, denn über's Bruch kann nur der Reiten,
der die Wege kennt."

„Aber über den Teufelssumpf kann gar nicht ge=
ritten werden?"

„Bewahre! Wer es thut, muß es mit dem Leben
bezahlen, wie damals der Reiter."

„Also ist's wahr, was Jan mir erzählt hat?" fragte
Henrike schaudernd.

„Hört nur zu!" bat der eifrig werdende Förster.
„Wir hörten sie schon lange vorher lachen und sprechen,
ehe wir sie sahen, aber wir konnten nicht verstehen, was
sie sprachen. Lustig war besonders der Eine. Gerade,
als sie bei der sogenannten „Rabenecke" waren, rief der
Lustige laut lachend etwas aus und das nahmen die
Raben in ihren Nestern übel. Sie flogen unter gräu=
lichem Spektakel auf und umkreiseten die Reiter. Ich
weiß es noch, wie heute, daß es mich kalt überlief, weil
ein altes Jägerwort sagt: wen die Raben verfolgen, der
wird eine Leiche, ehe er es denkt!"

„Das traf freilich hier ein," murmelte Henrike.

„Ja wohl! Es traf ein. Ich weiß es noch, wie heute, daß der lustige Herr sein Pistol heraus riß, es drohend gegen die krächzenden Vögel schwenkte und dabei sagte: Denkt Ihr, ich hätte kein Pulver und Blei bei mir! Darauf krachte der Schuß und ein Rabe fiel getroffen auf die Erde. Da habt Ihr eins, wenn Ihr was braucht, sprach der Herr lachend. Der andere Reiter war langsam weiter geritten und hielt ganz in meiner Nähe an um auf den Lustigen zu warten.

„Gerade, als sie bei mir vorüberritten, sagte der ernste Mann: Ich habe Dich viel zu lieb dazu. So ritten sie weiter, bis an die Stelle, wo der Steg jetzt steht. Da hielten sie und der Lustige sagte recht übermüthig, warum sie nicht quer über reiten wollten, da doch augenfällig eine Spur darüber hinweg leite. Die Spur hatte Jan getreten, der Tollkopf. Ihm war der Weg zu weit gewesen und da hatte er stets im hohen Sommer, wo der Morast stellenweise fest wird, diesen Weg genommen. Andere machten es ihm nach. Dadurch entstand eine Art Fußpfad. Der ernsthafte Reiter wollte nicht leiden, daß der Lustige Versuche machte — der aber, wie der Wind — setzte über den niedrigen Zaun. Heidi mein Pferdchen — wir siegen oder wir sterben — hopp!" —

Henrike schauderte zusammen.

„Er starb!“ flüsterte sie. „Schrecklich!“

„Ja, er starb, ehe man die Hand umbrehen konnte,“ schloß der Förster seine Erzählung.

„Und wer's gewesen, habt Ihr nie in Erfahrung gebracht?“

„Ich habe nicht banach geforscht, liebes Kind! Ich bin nie gern unter die Leute gegangen, also kenne ich auch wenig Menschen mit denen ich verkehren könnte.“

„Jan meint' neulich, es sei ein Wendemark gewesen. Ihr hätt's damals gesagt der Name Norrmann ließ' darauf schließen.“

„Was der Jan für ein Gedächtniß hat!“ rief der Förster. „Es ist erstaunlich! Ja — Norrmann — so rief der Reiter, als er ihn zurückhalten wollte — er schien ganz verzweifelt zu sein!“

„Und dann ist er doch fortgeritten ohn' sich weiter um sein Verbleib zu kümmern?“

„Daran sehe ich eben, daß er aus der Gegend hier war. Wir wissen, daß keine Rettung möglich ist! Freilich, kurios war es, daß er wie toll davon ritt. Ich denke mir sein Pferd ist unwirsch geworden und er hat es nicht halten können, denn ich sah, daß er, beim ersten Ackerstücke beinah zwei Weiber umritt, die mit Kartoffeln auf dem Rücken des Weges daher kamen.“

„Es ist und bleibt doch 'ne schreckliche Geschicht',“

meinte Henrike sinnend. „Jan denkt der Major von
Wendemark sei der gewesen, welcher weggeritten ist."

„Der neue Herr auf Kerkenhagen?" fragte der
Förster verwundert. „I Gott bewahre! Jan träumt
wohl. Warum sollte der zurückgeritten sein, da Kerkenhagen so nahe war! Ich sehe ihn noch, wie er in wilder
Verzweiflung die Hände rang — wahrhaftig ich dachte,
er würde sich hinterher stürzen! Sie hatten sich so gut
und freundlich unterhalten, daß man daraus schließen
konnte wie lieb sie sich hatten. Aber — daran hat Jan
recht. Ein Wendemark wird es wohl gewesen sein. Norrmann und Heribert! Das sind die alten, gebräuchlichen
Namen in der Familie. Habe ich doch seit Jahren nicht
wieder an diese Geschichte gedacht und nun steht sie mit
einem Schlage so lebendig vor mir, als hätte ich sie eben
erlebt."

Laura störte die friedliche Unterhaltung. Sie kam
aus dem Hause gehüpft, warf den Kopf hochmüthig hin-
tenüber und machte Henriken, die ihr gemüthlich entge-
gensah, einen spöttisch ehrerbietigen Knix.

„Gnädige Frau läßt Ihnen melden" — sie betonte
das „Ihnen" auf maliziöse Weise — „daß sie viel zu
angegriffen wäre um S i e noch zu sprechen. Uebrigens
stände im Briefe nichts von einer Botin, sondern von
einem Boten und sie würde nach Jan Smunken senden,

wenn sie sich beruhigt hätte. Für's erste läßt sie danken und schickt der Mamsell hier ein kleines Douceur!" Sie hielt mit der größten Impertinenz ein Biergroschenstück zwischen Daum und Zeigefinger, dem jungen Mädchen, das sich von ihrem Sitze erhoben hatte, entgegen.

„Bist Du toll, Laura!" schrie der alte Förster. Henrike aber legte, mit einem Lächeln, um das sie eine Königin hätte beneiden können, die Hand auf seinen Arm und sprach in dieser majestätischen Ruhe:

„Laßt doch, lieber Herr Förster. Eu'r Pflegetochter weiß freie Leut' und Dienstboten nicht von einander zu unterscheiden. Behalten S i e das Biergroschenstück, Mamsell. Ich schenk's Ihnen! Sie sind so 'was eher ge= wohnt, als ich!"

„Von Ihnen nehme ich nichts geschenkt!" rief Laura entrüstet. „Ich thue nur nach Befehl —" wen= dete sie sich naseweis an ihren Pflegevater, der immer= fort brummte.

„Ich werde die Sache in die Hand nehmen, Jung= ferchen," polterte er heraus.

„Smutzkens sind gleich Edelleuten — Dummheit, solchen Leuten Biergeld zu bieten. Du bist Schuld dar= an!"

„Laßt doch, lieber Herr Förster! Es kommt immer nur d'rauf an, wie man's nimmt, was Einem geboten wird. Oftmals ist Lehre und Trost d'rinnen, wenn der, welcher's gibt, gar nicht d'ran denkt."

„Mag sein —" fuhr der alte Mann ärgerlich dazwischen. „Aber Laura muß wissen, was sie thut, wenn sie es im Namen unserer Gnädigen thut."

„Laßt doch nur! Seht — Mamsell Laura hat's gewiß nicht gut mit mir gemeint und doch hat sie mir reichlich gut gethan. Seht — ich wollt' Jan Swuykens Frau nicht werden, weil ich sie für werth hielt es zu werden und zu sein — jetzt seh' ich's ein, daß sie nicht für ihn paßt. Nun laß' ich froh den lieben Gott walten, wenn er mir's Glück bescheeren will."

Laura lachte mit wegwerfender Manier über die fromme Miene, womit Henrike dieß sagte.

„Seht nicht so hochmüthig dazu, Mamsell Laura!" fuhr Henrike sehr sanft und gutmüthig fort. „Jan's Frau ist eine glückliche Frau, wenn sie versteht zu leben. Glaubt's! Und ich bin viel zu froh in meinem Herzen, als daß ich's Euch nachtragen sollt', was Ihr mir Kränkendes angethan. Solltet Ihr mal Hülfe brauchen — Jan soll sie Euch nicht vorenthalten — glaubt's!"

„Ich hoffe in Verhältnisse zu treten, wo der Brettmüller Jan Swuyken nichts gilt!" rief Laura mit schnödem Lachen.

„Seht Euch vor!" entgegnete Henrike. „Es gibt
Menschen genug, denen das Butterbrot aus der Hand
und in den Sand fällt, indem sie es in den Mund stecken
wollen. Seht Euch ja vor! Es mag gerne sein, daß Ihr
jetzt wacker oben auf schwimmt, aber in der Fluth ist's
schwer sich zu halten, da dreht sich das Schiff ohne
Gnad', wenn's nicht richtig gesteuert wird."

Nach diesen Worten wendete sie sich zu dem För=
ster herum, der ihr mit sichtlichem Wohlbehagen zu=
hörte.

„Nun lebt wohl, Herr Förster! 'S ist mir eine
Freud' gewesen, Euch kennen zu lernen. Gewiß! Jan
Swunken ist verreist. Wenn er wieder da ist soll er kommen
und der gnädigen Frau erzählen, was auf der Wasser=
fahrt passirt ist. Durchlaucht hat ihn damit beauftragt.
Sagt's der Gnädigen."

Sie nickte Laura, die am Baume gelehnt, sich von
einem Fuße auf den andern wiegte und spöttische Gri=
massen zog, zu und schritt mit dem festen, anmuthigen
Gange der Strandbewohnerinnen, eiligst aus der Pforte.

Draußen im stillen, einsamen Walde, wo keines
Lauschers Ohr und und Auge sie treffen konnte, athmete
sie froh auf, schlug ihre Hände, wie zum Gebet in ein=
ander und flüsterte:

„Gott sei gepriesen, daß d i e nicht sein' Frau ge=

worden ift! Mutter Smuyten hat recht, Jan tann die
nicht geliebt haben — nicht 'n zerriffen Segel geb' ich
für die ganze Perfon! Und die wäfcht tein' Lieb' und
tein' Zorn weiß. Die ift verdorben bis in den Grund.
Jan wär' am Aerger über fie geftorben, gewiß und wahr!
Ach die armen Kinder — die armen Kinder, die von
der Gut's lernen follen! Gott bewahr' Einem vor fol=
cher Perfon!"

Traurig durch diefen Gedanten ging fie weiter.

„Was fie nur von 'nem Briefe fprach, den ihr die
Gnädige gefchrieben hätt'? Wär' ich vor die Gnädige
gelaffen, ich hätt' ihr gefagt, was Jan mir aufgetragen.
Ob die Gräfin der Gnädigen was Böfes thun tann?
Ich möcht's wohl wiffen!"

Wieder ging fie eine tleine Strede, ehe fie fröhlich
auffchauete und tindlich heiter ausrief:

„Was mein' Jungens wohl denten mögen, daß ich
nicht da bin! Die herzigen Kinder! — Gott's Fügung
leitet' mein' Schritt' auch heut' nach Solitude. 'S läuft'
jede Well' nach feinem Rathfchluß!"

Bald tam fie vor den Sumpf und trat leifer auf,
als fürchte fie das Schickfal jenes Reiters, der ihre
Phantafie fo lebhaft aufgeregt. Glücklich tam fie hin=
über. Als fie einige Schritte weiter nach dem Mühl=

wege einbog, flogen einige Vögel krächzend auf. Henrike
stand still und blickte empor.

„Das ist also die „Rabeneck'n" flüsterte sie.

Ein unheimliches Rauschen lief durch die hohen
Gipfel der Bäume und jagte ihr einen leisen Schrecken
ein.

„Es ist und bleibt doch 'ne schreckliche Geschicht',"
dachte sie, indem sie sich ängstlich umsah und dann so
eilig, wie möglich den Platz räumte.

———

Sechstes Capitel.

Verzweiflung überall.

Unter der Einwirkung des neuerwachten Lebens=
muthes hatte Heribert im Laufe der nächsten Tage an
seinen Vater geschrieben und ihm dringend die Bitte
an's Herz gelegt, den Termin zu beschleunigen, der ihn
nach Potsdam zitiren solle.

Selbst dem Uneingeweihten mußte der hoffnungs=
volle Grundton dieses Briefes auffallen, wie viel mehr
noch dem Major, der zwischen Himmel und Erde
schwebte und in jedem Worte einen Verrath lauern sah.
Er erkannte auf der Stelle, daß sein Sohn in das un=
glückselige Geheimniß eingeweiht war, sich aber mit Leib
und Leben für die Ehre seines Vaters verpfändet hatte.
Er erkannte aber auch auf der Stelle, daß sein Sohn sich
für berechtigt hielt, Aufklärungen über dunkle Ereignisse

zu fordern, welche sein Lebensglück beeinträchtigten. Ein neuer Kampf erhob sich in seiner Brust, dessen Resultat ihn dazu brachte sich zu einem Werkzeuge der Politik herzugeben und eine Reise nach Schlesien zu dem Grafen von Haugwitz als Vorwand zu benutzen um nur Zeit zur Ueberlegung zu gewinnen. Ein fernes Verwandtschaftsverhältniß mit diesem, zur Zeit in Mißkredit gerathenen Minister, mußte bei dieser Gelegenheit herhalten. Er wurde höhern Orts mit der vertraulichen Anfrage betraut „ob der Minister von Haugwitz nicht geneigt sein würde, die überhand nehmenden Zerwürfnisse mit Napoleon, schlau und gewandt auszugleichen, da sich keiner unter den Staatsbeamten befinde, der die nöthige Sachkenntniß mit der äußern Form so zu verschmelzen verstünde, als er."

In jeder andern Zeit würde der Major von Wendemark dieß Ansinnen, als mit seiner innersten Ueberzeugung widerstreitend, zurückgewiesen und ehrlich erklärt haben: „es gäbe redlichere und bessere Männer von hoher, politischer Bedeutung im preußischen Staate, als dieser beseitigte Minister, der Kern eines vielfach angefeindeten Kleeblattes. Aber die Furcht vor den Eröffnungen, die man von ihm zu fordern Anstalten traf, trieb ihn zur Zusage, so daß er mit seiner Gemahlin schon nach Schlesien aufgebrochen war, als Heribert

seine flüchtige Antwort in Händen hielt. Von der bevor=
stehenden Reise erwähnte er jedoch kein Wort.

Heribert fand in dem Briefe etwas befremdliches,
was sein Herz in banger Ahnung zusammenpreßte. Doch
war diese Besorgniß nicht von Bestand und ging in den
glühenden Sehnsuchtsbildern, womit er seine Zukunft
schmückte, sehr bald ganz und gar verloren. Sein Herz
hoffte wieder! Warten wollte er auf sein Glück gern so lange,
wie es sein Vater angemessen hielt. Zwar sah er die Ge=
liebte nicht, schrieb auch, dem Befehle ihres Vaters ge=
horsam, nicht an sie. Allein gibt es für Liebende nicht
tausend kleine Gaukeleien, womit sie ihre Sehnsucht zu
beschwichtigen wissen?

Ein paar zeitig gereifte Früchte, zierlich mit Blu=
men umgeben, wurden vom schnellsten Reiter hinüberge=
bracht nach Schloß Wendemark — eine seltene Blume
wurde werth befunden Luciliens Tisch zu zieren — ein
Gedicht so unschuldig vom Dichter verfaßt, wanderte
als Abschrift hinüber nach Schloß Wendemark und
füllte trotz aller Erhabenheit und Reinheit, ein keusches
Mädchenherz mit überströmender Wonne, denn des Ge=
liebten Hand hatte die Feder geführt und seine Hand
hatte auf dem feinen Papiere geruhet. Die Liebe im er=
sten Stadium ist ja so genügsam und die Liebe dieser
beiden jungen Menschen war gewaltsam zu dem Schran=

ten zurückgeführt, welche Entsagung fordern. Ihnen
mußte genügen, daß ihre Gedanken sich im Aufschauen
zum ersten Sterne begegneten, daß ihre Seele zusammen
erzitterten, wenn die goldene Abendröthe den Abschied
des Tages verkündigte und daß der bleiche, stille Mond
sein Licht in ihre Träume von Wiedersehen hineinwob.
War es denn nicht auch genug, daß sie in jedem Luft=
hauche einen Gruß des geliebten Gegenstandes ahnten,
daß der Duft einer Blume ihre Herzen sehnsüchtig er=
weiterte und daß sie in der Eigenthümlichkeit jeder ersten
Liebe, an eine ewige Unveränderlichkeit ihrer Seligkeit
glaubten? Arme, junge Herzen, die von der irdischen
Unvollkommenheit immer erst durch eigene Erfahrung
überzeugt werden? —

Es war wohl natürlich, daß Heribert, von seinen
eigenen Angelegenheiten in Anspruch genommen, wenig
an die Calamität dachte, die andere Menschen zu ertra=
gen hatten. Tag um Tag verstrich ihm traumhaft·schön
in der Vergötterung Lucilien's, in der Heiligung und
Befestigung ihres Verhältnisses, das auf überirdischer
Zärtlichkeit beruhete. Erst nach Wochen, wo die scharf
betriebene Aushebung der Mannschaften in der Provinz
Aufsehen erregte, als der Gedanke an kriegerische Un=
ruhen durch einige Maßregeln der Kriegskommisson nä=
her trat, erst da gedachte er des Versprechens, welches

er Henriken in Betreff Jan Smuyken's gegeben hatte
und nannte seine Vergessenheit ein unverzeihliches Unrecht gegen den alten Jugendfreund. In der Hoffnung,
daß es der Familie gelungen sein würde, die Beweise
ihrer Kantonfreiheit zu stellen, machte er sich gleich auf
den Weg und ritt gestreckten Galopp's nach der Mühle
um sich davon zu überzeugen.

Seine Hoffnung hatte ihn betrogen. In Smuyken's
Mühle sah es kriegerisch aus und er fand dort dieselben
harten Maßregeln in Anwendung gebracht, die er von
anderer Seite schon kennen gelernt hatte. Ein Trupp
Husaren, mit einem Unteroffizier an der Spitze, war als
Einquartierung in Mühle geschickt und spielte in der
Stellung als Executionsmannschaft, eine mehr kriegerische, als friedliche Rolle daselbst. Nachdem Jan Smuyken sich nicht am bestimmten Tage gestellt hatte und sein
Aufenthalt nicht sicher nachgewiesen werden konnte, hatte
die Commission zuerst eine gewaltige Drohung ergehen
lassen, hatte der Frau Smuyken die Macht des Ge-
setzes, das am Gut und Eigenthum des Entflohenen sich
schadlos zu halten bestimmte, deutlich zu machen gesucht,
und hatte dann schließlich eine Execution und Aufsicht,
die scharf Wache auf das Wiederkommen Jan's hielt,
angeordnet auf Kosten der Familie Smuyken, die sich
der Renitenz schuldig gemacht."

Was Henrike unter diesen peinlichen Auftritten litt, ist leicht einzusehen. Auf ihren Rath war Jan entwichen! Sie hatte in ihrer Unerfahrenheit geglaubt durch seine Reise die ganze Geschichte zu vertagen und nun war, durch ihre Einmischung in diese Angelegenheit, eine bedeutende Verschlimmerung eingetreten, die abzuändern gar nicht mehr in ihrer Macht stand, da jede Nachricht über Jan's Aufenthalt fehlte. Sein Loos wäre überhaupt kein beneidenswerthes geworden, wenn er sich blicken ließ, so viel ging aus allen Reden der Soldaten, die in feindseliger Position zu den Bewohnern der Mühle standen, hervor.

Es blieb also nach wie vor, nur wünschenswerth, daß er ausblieb, wenn er nicht sonst mit dem verloren gegangenen Freibriefe Friedrich des Großen erschien.

Die unerwartete Wendung der häuslichen Verhältnisse wirkte auf das ganze Geschäft ein. Alles blieb liegen. Der Betrieb stockte, weil dem Werkmeister der freie Verkehr nach drüben untersagt wurde. Drüben hörte nämlich die preußische Macht auf und die Commission hatte speziell den Befehlshaber der Execution verantwortlich für diesen Punkt gemacht.

Die peinliche Lage — die offenbare Bedrückung, der man das Ansehen einer gerechten Strafe zu geben versuchte, verfehlte nicht entmuthigend auf Frau Swuyken zu wirken und sie zu nutzlosen Klagen aufzuregen, während sich die Geisteskraft Henrikens daran zu stählen schien und eine Art Heroismus in ihr entwickelte.

„Wenn's nur dem König zu Ohr gebracht wer= den könnt'," klagte die Frau beständig. „Er ist ja hier gewesen als kleiner Prinz auch später, als er seinen Schwiegervater, den Strelitzer Herzog besuchte. Er hat ja die ganze Einrichtung des Werkes besichtigt und mei= nen seligen Mann gelobt, daß er's Vaterland aufgege= ben und hier die neue Erfindung „Bretter zu schneiden" eingeführt habe!"

Henrike dachte mehr als sie sprach. In ihrem Geiste wirbelten sich Pläne rund um, die darauf hin= ausgingen, Abhülfe zu schaffen.

„Wenn's dem König zu Ohr gebracht werden könnt'?" Warum sollte das unmöglich sein? Eine Reise nach Berlin ließ sich schon bewerkstelligen und sie fühlte den Muth dazu täglich mehr wachsen.

Eine leise Bitterkeit gegen den „guten Freund," der versprochen hatte, die Angelegenheit mit seinem Worte zu unterstützen, veranlaßte sie aber, schnell einen Rückzug in's Haus zu nehmen, als endlich Heribert nach wochenlangem Zögern an einem trüben, nebligen Septembertage auf die Mühle zusprengte. Sie verschwand, ehe er das Wohnhaus erreichte, und sie ließ sich, erbit=

tert, wie sie war, auch nicht wieder blicken, ehe es nicht nöthig wurde.

Heribert bemerkte das nicht. Seine ganze Aufmerksamkeit schien von den umherlungernden Husaren gefesselt, die hier auf Regimentsunkosten lebten, ohne Schwertschlag ein hübsches Quartierchen erobert hatten und gar keine Lust verspürten dasselbe zu verlassen.

„Was gibt es denn hier?" fragte er einen der Soldaten, der auf einem Haufen Bretter saß, einige Hände voll Pflaumen in der Mütze, deren Kerne er nach dem Verspeisen der Früchte beliebig auf den holländisch reinlich gehaltenen Hof verstreute.

Der Soldat kannte ihn nicht und wenn auch sein ganzes Aeußere den Edelmann verrieth, so fühlte sich derselbe doch so fest in seiner Würde, daß er, ohne aufzustehen, in brutalem Tone sagte:

„Wir warten hier auf einen Ausreißer."

„Was heißt das?" sprach Heribert stolz und befehlshaberisch.

Der Soldat erhob sich nun langsam und schwerfällig, nahm eine etwas soldatische Haltung an und antwortete mehr respectvoll als vorher!

„Der Meister von der holländischen Mühle ist ausgekniffen! Wir sind beordert ihn zu greifen, wenn er sich blicken läßt!"

„Wer hat Euch beordert? Wo ist Euer Führer? Ich will mit ihm sprechen! Suche er ihn — sage Er ihm „der Herr von Wendemark wünsche Auskunft über diese Sache zu haben. Wie heißt Euer Rittmeister?"

„Rittmeister von Vollk —" sprach der Soldat eingeschüchtert.

„Wo ist der Rittmeister von Vollk?" examinirte Heribert weiter.

„Der Herr Rittmeister stehen in Stendal!"

„Gut — hole Er den Unterofficier! Hier liegt ein Irrthum vor!"

Der Soldat marschirte ab, helle Unzufriedenheit im Gesichte, denn das Essen und Trinken in Swuhkens Mühle mundete ihm zu vortrefflich, als daß er gern an einen „Irrthum" glauben mochte. Heribert sprang mit großen Sätzen über den Hof in's Haus.

Frau Swuhken kam ihm mit sorgenvoller Stirn entgegen und bot ihm die Hand zum Willkommen. „Hier sieht's traurig aus gnäd'ger Herr," sagte sie in trübseligem Tone. „Jan soll Soldat werden! Nun ist er verreist, kein Mensch weiß wohin! — Ist das nicht ein Leiden, daß uns die preußische Obrigkeit eine Rotte Soldaten in's Haus schickt, weil mein Sohn verreist ist?"

„Aber beste Frau Swuhken — Ihr habt ja Freibriefe, so viel ich weiß, die Euch von allen Lasten, welche sonst der Bürger und Bauer tragen muß, freisprechen!" rief der junge Edelmann eifrig. „Warum habt Ihr Euch denn nicht darauf bezogen? Warum habt Ihr die Briefe und Scheine nicht eingereicht?"

„Lieber gnädiger Herr — weil sie nicht zu finden sind!" entgegnete die Frau kleinlaut. „Wir haben hüben und drüben das Haus danach umgekehrt!"

„Das ist freilich schlimm! Weiß denn Jan nicht, wo sie geblieben sind?"

„Jan weiß überhaupt nicht, daß er sich stellen sollt' und daß wir hier, wie mit Kriegslast belegt sind, seinetwegen. Er ist ja fortgereist mit dem Prinzen von Hollfingen vor vier Wochen schon und nicht wiedergekommen!"

Heribert sah sie verwundert an.

„Erinnern sich der gnädige Herr, als Sie mit dem Herrn Vater hier waren? Da flocht mein Jan doch Kränze mit der Henrik'?"

Heribert nickte zustimmend. Er erinnerte sich dessen sehr wohl.

„Da, mit dem Schiff ist er fortgemacht und hat seine Möve mitgenommen — seitdem ist er verschwunden, gnäd'ger Herr — die Steuerleut' sagen, er sei mit dem Prinzen in der Möve stromauf gefahren,"

„So wendet Euch doch an den Prinzen und bittet um Auskunft, wo Jan geblieben ist?" meinte Heribert, dem die Geschichte etwas unwahrscheinlich klang.

„Nach Solitude haben wir schon drei Mal geschickt — Durchlaucht sind nicht da und kein Mensch, selbst Frau Ludmilla nicht, weiß, wo er eigentlich ist."

„Das ist sonderbar! Ich werde nachher mit vorreiten und nachfragen. Ich werde auch morgen übersetzen nach der Bude und zusehen, ob Jan sich dort nicht versteckt hat. Außerdem will ich jetzt Rücksprache mit dem Wachtmeister oder was er sonst ist, nehmen, die Geschichte muß aufgeklärt werden. Ich weiß genau, daß den Swouykens bedeutende Vorrechte eingeräumt sind, als sie sich hier angebaut haben — mein Vater hat erst neulich dessen Erwähnung gethan und nur blinder Eifer kann den Rittmeister Bollt zu den Maßregeln gegen Euch verleitet haben. Seid ruhig! Ich will sehen, was ich für Euch thun kann.

Der Soldat hatte mittlerweile seinem Vorgesetzten mit kläglichem Gesichte das Ende ihrer Paradiesesruhe auf der Mühle prophezeiet und damit den Geist des Widerspruches auf ganz gewöhnliche Weise in diesem entzündet. Eilig, als gälte es einen Feind anzugreifen, schnallte er seinen Säbel um die Hüften, stützte keck die

Dienſtmütze auf und trat mit klirrenden Sporen ſeinen
Weg zu Heribert an.

Dieſer wendete ſich ſogleich haſtig nach ihm um
und fragte kalt, aber artig:

„Von wem iſt die Ordre ausgegangen, die Euch
hier in der Mühle ſtationirt?“

„Darauf brauche ich niemand zu antworten, als
meinem General oder ſonſtigen hohen Vorgeſetzten. Sind
der Herr in dieſer Charge, ſo weiſen Sie ſich aus!“
antwortete der Wachtmeiſter mit würdiger Feierlichkeit.

Heribert ſah ihn ruhig eine ganze Weile an. „Nach
dieſer Antwort kann ich nicht erwarten, daß man mir
Rede ſtehen wird, alſo erniedrige ich mich nicht mit Fragen, ſondern mache nur ſchuldigermaßen die Meldung
an den Führer des Executionspikets, daß hier ein Irrthum vorwaltet und daß mir, dem Herrn von Wendemark auf Kerkenhagen ſehr wohl bekannt iſt, wie Friedrich der Große, König von Preußen, die Familie Swuyken von Kind auf Kindeskind aller Laſten los und ledig
erklärt hat.“

„Iſt mir ganz egal!“ entgegnete der Wachtmeiſter
kaltblütig. „Des gnädigen Herrn Wort in Ehren, aber
es geht mich nichts an. Ich bleibe hier, bis ich abcom-
mandirt werde.“

„So melde man meinen Einſpruch wenigſtens!“

9*

„Nein! das ist meines Amtes nicht! des gnädigen
Herrn Einspruch in Ehren, aber er hilft gar nichts.
Meine Instruktion lautet nicht zu weichen vom Fleck bis
ich den Deserteur erwischt hätte."

„Jan Smuyken ist aber gar nicht desertirt! Er ist
verreist!"

„Wohin?" fragte der Wachtmeister, martialisch
seinen Degen vor sich aufstützend.

„Das weiß niemand!" entgegnete Heribert etwas
verlegen.

„Meine Ordre lautet, nicht zu weichen vom Fleck
bis der Deserteur oder der reisende Hausherr wieder
heimgekommen ist!" replicirte der Wachtmeister ruhig
und gemessen. „Was außerdem an Geld und Gut dabei
zu Grunde geht ist seine Sache. Haben der gnädige Herr
noch etwas zu befehlen?"

Heribert, so gründlich abgeprallt mit seinem Ein=
spruch, wie nur ein Mensch abprallen kann, hielt es für
gerathen nicht eine Silbe mehr zu dem Wachtmeister zu
sagen. Er wendete sich zu Frau Smuyken und sagte
tröstend:

„Ich werde anderweit Mittel und Wege finden
Euch zu helfen — habt Geduld und tragt die Unge=
rechtigkeit so lange bis wir nachweisen können, daß Ihr
ungebürlich belastet seid."

„Wenn's nur dem König zu Ohr gebracht werden könnt'!" jammerte die Frau."

„Das wäre leicht, gute Frau," sagte Heribert bedenklich den Kopf wiegend, „aber es würde eben auch nichts helfen, wenn nicht der Freibrief mit eingereicht werden könnte. Ich habe mich so eben überzeugt, daß die Erklärungen eines Edelmannes an Werth verloren haben, also würde es nichts fruchten, wenn auch der ganze Stamm der Wendemark — der Prinzen von Hollfingen an der Spitze — es verbürgen wollte, daß ein Freibrief vorhanden gewesen sei. Es bleibt, nach meiner Erfahrung hier, nichts weiter übrig, als dem Freibriefe nachzuforschen und es würde mir dabei freilich von großem Nutzen sein von Jan erfahren zu können, wo er diesen Gnadenbrief zuletzt gebraucht hat."

Jetzt erschien Henrike, mit einem der Zwillingsknaben im Arme, auf der Schwelle. Sie hatte mit hochklopfendem Herzen im Nebenzimmer die ganze Unterredung mit angehört und kam nun zum Vorschein, weil sie glaubte besser darüber Auskunft geben zu können, als Frau Swantken.

Sie hatte während dieser Zeit Muße genug gehabt um einzusehen, daß Heribert, mit dem besten Willen, doch nichts für die Sache hätte thun können, deshalb wich ihr Groll gegen ihn und sie nickte ihm mit

holdseliger Freundlichkeit einen Gruß zu, als sie ein-
trat.

Der Wachtmeister, welcher noch steif dastand und
sich solcher Freundlichkeit eben nicht rühmen konnte, zog
ein malitiöses Gesicht, lachte und schwenkte sich zur Thür
hinaus, indem er brummte: „Da steckt der Knoten also!
die Jungfer hat hohe Gedanken — das wollen wir ihr
doch anstreichen!"

Kein Mensch achtete dessen, was er murmelte. Heribert hörte nur, was das junge Mädchen hastig sagte:

„Sie fragen, wo der Freibrief gebraucht worden
ist, gnädiger Herr? Beim Kauf des Landes drüben,
sagte mir Jan neulich."

„So wäre er vielleicht dort drüben im Strelitzer
Gerichtsamte?"

„Ach, ich glaub's nicht, daß er dort gefunden ist,
sonst wär' Jan schon längst wieder heim!" klagte das
Mädchen.

Heribert merkte jetzt, wie die Sachen standen. Er
schritt eiligst zur Thür, öffnete sie und sah nach, ob der
Wachtmeister fort war. Dann verriegelte er diese Thür
und stellte sich, fragende Blicke auf Henrike werfend, ihr
gegenüber.

„Ich will's nur sagen," beichtete sie. „Ich hab's
dem Jan eines Tag's, als ich seine Möv' hinüber segeln

sah, übergebracht, daß er sich stellen und Soldat werden
sollt' und hab' ihm den Rath gegeben, dem Freibrief
nachzuspüren."

„Das ist ganz gut von Euch gewesen, Henrike,"
sprach Heribert ermunternd.

„Ich dacht', wenn er erst eingesteckt wär' in die
Soldatenjack', so hälf' alles Herzemuttern nichts. Ach —
was Thränen hab' ich im Stillen schon geweint, daß
nun die Sach' noch schlimmer geworden ist, als sonst
wohl!"

„Nein! Nein, liebes Mädchen!" rief Heribert eifrig.
„Aus dem Benehmen des Wachtmeisters ist mir klar
geworden, daß ganz besondere königliche Ordres gegeben
sein müssen um der Aushebung in der Provinz Gewicht
zu verleihen und man würde ohne Ansehen der Person
zu Werke gegangen sein, wenn Jan zugegen war. Besser
ist es jetzt eine Erneuerung des Freibriefes nachzusuchen
und darauf die Begnadigung Jan's zu stützen. Laßt
mich nur machen. Ich reise in wenigen Tagen nach
Potsdam zu meinem Vater und da meine Mutter eine
nahe Verwandte vieler einflußreicher Beamten ist, so
wird es ihm, der von dem Vorhandensein des Frei=
briefes unterrichtet scheint, sehr leicht werden, ihn zu
ersetzen. Ihr wißt also wo Jan sich aufhält?"

„Nein," antwortete Henrike traurig. „Ich weiß

nicht 'mal, ob er glücklich in Boitzenburg angekommen
ist."

„Er wird wohl todt sein," ließ sich die muthlose
Stimme der Frau Swuyken vernehmen. „Ich bin des
Lebens auch schon satt. Wozu hat man gearbeitet und
gespart? Um nun seines Eigenthum's beraubt zu wer=
den. Bewacht wird man, wie 'n Spitzbub! Wär' ich doch
in Blankenese geblieben oder hätt' nach meines seligen
Mannes Tod die Wirthschaft verkauft und wär' wieder
heimgezogen. Zu leben hatt' ich und mein Jung' auch."

„Schaff' nur das viele Geld bei Zeit' fort," sagte
Henrike, die Gelegenheit ergreifend, wo sie in Heribert
einen rathenden Freund zur Seite hatte. „Die Schränk'
sind alle vollgepackt voll Geld —. wenn's kund wird,
kramt's Amt aus und nennt's gerechte Straf'. Schaff's
fort, Mutter Swuyken, eh's zu spät wird."

„Dazu rathe ich, unter den vorliegenden Verhält=
nissen auch," meinte Heribert.

„Ich hab's Jan versprochen dafür Sorg' zu tra=
gen!" sprach Henrike in überredendem Tone.

„Wohin denn damit!" klagte Frau Swuyken, in=
dem sie den Schrank aufschloß und den Geldkasten öffnete.
Sprachlos vor Verwunderung sah der junge Edelmann
hier eine Menge Gold aufgespeichert, wie er es noch nie
gesehen hatte. Dicht in einander geschichtet, überein=

ander und nebeneinander lagen hier Summen Geldes
unbenutzt, wodurch, bei richtiger Verwerthung Jan
Smuyken ein Krösus werden konnte.

„Aber, beste Frau," rief er im Tone des Schre-
ckens, „wozu habt Ihr denn diese Unmasse von Geld im
Hause? Wie viel ist denn das?"

„Gezählt haben wir's noch nie," entgegnete Frau
Smuyken treuherzig. „Wozu wir's im Hauf' haben,
fragen der gnäb'ge Herr? Wo sollten wir denn mit hin?
Sehen Sie — da ist immer ein Stück zum andern gekommen!"

„Ich begreife nur Jan nicht," warf Heribert ein,
„wenn das kund wird, schlagen sie Euch todt und machen
sich mit dem Schatze davon."

Frau Smuyken sah ihn ängstlich an. „Das wird
doch kein Christenmensch thun!"

„Freilich habt Ihr das zu fürchten."

„Es weiß's ja niemand außer meinem Sohn."

„Der Zufall kann's aber verrathen," sprach Henrike.

„Wie seid Ihr nur zu so vielem Gelbe gekommen?"
sagte Heribert lachend den Kopf schüttelnd.

„Ja, wie ich sagt', eins ist immer zum andern gelegt. Ich weiß noch ganz deutlich die Zeit, wo die Kasten
alle leer waren. Es sind g'rad dreißig Jahr — mein

Aeltester war ein Jahr alt und den zweiten erwart't ich. Jan ist nämlich mein drittes Kind und die andern Beiden sind von Gott heimgeholt zu seinen Engeln —" schaltete die Frau ein. „Es war im Mai — da kam mein seliger Mann in die Wohnstub', schloß den Schrank auf und legt' sechs Silberthaler in den einen Kasten und zwei dänische Goldstück' in den andern Kasten. Dazu sprach er fröhlich: „sieh Rosett' das sind die Ersten, die übrig sind — so Gott will machen wir die Kasten voll, zu Nutz und Frommen unserer Kinder!" Und er hat Wort gehalten. Ehe er starb war Alles voll und Jan trug 'nen Sack voll in die Hamburger Bank."

„Nun sind die Kasten aber schon wieder voll!" rief Heribert heiter. Ihn amüsirte diese sonderbare Seelenruhe. „Was wollen wir nun damit machen?"

Die Frau schaute nieder auf's Geld und zuckte hülflos die Achseln.

„Ich weiß's schon," unterbrach Henrike das eingetretene Schweigen. „Ich wollt's schon gerne allein wegschaffen und reichlich sicher verwahren, wenn's nur Mutter Swuyken erlaubt."

„Warum nicht," entgegnete diese gleichgültig. „Schaff's fort, damit die Soldatenrotte uns nicht noch todtschlägt. Freud' macht's mir nicht mehr, denn der Jan ist todt, dabei bleib' ich!"

„Nun dann retten wir's für die Kinder!" sagte Henrike entschlossen. „Fragt nicht, wohin ich's bring'. Am besten 's weiß niemand, als ich. Den gnäd'gen Herrn will ich's sagen — niemand sonst."

Frau Swunken nickte und gab ihr die Schlüssel.

Henrike steckte sie ein und begleitete den jungen Edelmann später bis vor das Hofthor, wo der Reit= knecht die Pferde hielt.

Hier erst theilte sie ihm den Plan mit, den sie hatte. Er fand Billigung bei Heribert und sie kehrte froh aufathmend in das Haus zurück, wo sie die Kna= ben der großmütterlichen Pflege überließ und dann ver= schwand.

Es wurde Abend. Ein dichter Nebel verhüllte die letzten Sonnenstrahlen und schuf jenen unbehaglichen Vorspuck des Winters, der die Menschen in's wärmere Zimmer jagt. Auch in Swunken's Mühle suchten die Bewohner ein behagliches Plätzchen und die Soldaten krochen früher in's Bett, als sonst. Nur der Wacht= meister, in stillem Grolle über Heribert's Einmischung in Dinge, die ihn seiner Meinung nach, gar nichts an= gingen, suchte durch allerhand Forderungen die Haus= frau zu ärgern. Bald wollte er Warmbier haben, bald hatte er Appetit zum Pfannkuchen.

Frau Swunken ließ geduldig Alles zubereiten, kam

aber nicht zum Vorschein, sondern blieb in ihrem Schlaf=
zimmer das sie mit Henrike und den Kindern theilte, seit=
dem der Herr Wachtmeister oben logirte.

Henrike war und blieb verschwunden. Es wurde
später. Jeder glaubte das junge Mädchen zu Bett. Nur
Frau Smupken wußte, daß sie nicht darin war, sondern
sich irgendwo geheimnißvoll beschäftigte.

Die Nacht brach herein. Alles ruhete in den Ar=
men des Schlafes. Nur Henrike wachte und grub, unter
Anstrengung eine Grube im Keller, den sie hinter sich
verschlossen hatte.

Erst gegen Mitternacht war sie fertig mit ihrer sau=
ren Arbeit. Nun galt es noch die Geldvorräthe heimlich
dahinein zu schaffen und das war so leicht nicht, da des
Wachtmeisters Stube dicht an der schmalen Treppe lag,
von wo man den Gang zum Keller sehr gut beobachten
konnte.

Henrike überlegte. Die Sicherheit erforderte, daß
sie dieß Werk im Dunkeln vollführte. Zwar durchrieselte
sie ein Schauer von Furcht, als sie der Geisterstunde
gedachte, die, nach alter Muhmensage, den Todten Frei=
heit gestattete, die Stätte ihres Erdenlebens im Leichen=
tuche zu durchwandeln. Sie war fest überzeugt, daß der
Geist des alten Smupken sie Schritt auf Schritt beglei=
ten werde, um das Verbergen seines Schatzes in Augen=

schein zu nehmen. Allein sie hatte Energie genug, die=
sem Gefühle von Furcht vor der Geisterwelt trotz zu
bieten und ohne Verzug daran zu gehen. Sie versah
sich mit kleinen Säcken, worin Bohnen, Erbsen und Lin=
sen aufbewahrt worden waren und ging festen Schrittes
in die Wohnstube. So leise, wie möglich schüttete sie das
Geld in die Säckchen, band sie zu und schleppte sie, un=
hörbar schleichend, nach dem Keller .hinab, wo das
Flämmchen einer Lampe ihr hinreichend Licht verschaffte.
Dreimal mußte sie hinauf und hinab, immer beladen mit
Geldsäcken von enormer Schwere und immer war es ihr
als schleiche gespensterisch klirrend der Wachtmeister ge=
stiefelt und gespornt hinter ihr her. Es gehörte wirklich
ein außergewöhnlicher Muth dazu um bei solchem inne=
ren Grauen standhaft zu bleiben.

Henrike selbst fürchtete bisweilen davon überwäl=
tigt zu werden, aber es gelang ihr, was sie sich vorge=
setzt hatte. Rasch schaufelte sie die Grube endlich wieder
zu, trat die Erde überall fest, legte kunstgerecht die
Steine wieder ein und warf dann grauen Strandsand
darüber, wie es in den anderen Theilen des Kellers ge=
schehen war. Selbstzufrieden betrachtete sie ihr Werk,
löschte das Lämpchen und tappte sich vorsichtig wieder
hinauf. Kein Mensch hatte etwas gehört und gesehen!
Alles schlief noch in Frieden, als Henrike den Schlüssel

in der Wohnstube umdrehete und nun erst, vorsichtiger Weise den leergewordenen Kasten mit allerhand Geräth, Wäsche und Geschirr anfüllte um jedem Verdachte von vorn herein zu begegnen.

Frau Swuytken empfand es zum ersten Male in dem Schrecken beim Anblicke dieser Veränderung, wie entsetzlich ihr Gefühl gewesen sein würde, wenn sie in Wahrheit ihres Ersparnisses beraubt worden wäre. Ein dankbares Lächeln lohnte der treuen Helferin in der Noth, sonst wurde kein Wort darüber gewechselt.

Von diesem Tage an wurde jedoch die Lage der beiden Frauen unsicherer und drückender. Sei es, daß der Herr Wachtmeister selbst ein Auge auf Henrike geworfen hatte und durch den Besuch Heribert's belehrt worden war, wie liebenswürdig dieß ernste junge Mädchen Andern lächeln konnte, wenn sie wollte — sei es, daß irgend ein herumspionirender Soldat von den Worten Heribert's etwas erlauscht hatte, als sich dieser über die Menge des aufgespeicherten Geldes verwunderte, genug der Wachtmeister belästigte die Frauen auf alle Weise, trat uneingeladen in das Wohnzimmer, verdoppelte seine Aufmerksamkeit auf Alles, was in dem Hause und auch außerhalb desselben geschah und ließ nicht undeutlich merken, daß es in seiner Macht stehe, das

Strafmaß für Jan's Defertion nach eigenem Gutdünken zu verschärfen.

Eine stille Verzweiflung nahm zuletzt Besitz von Frau Smnytens Seele. Henrike tröstete vergeblich und bot allen Scharffinn auf um nur wenigstens Nachricht über Jan zu erhalten — alles vergebens! Die Tage schlichen trüber und immer trüber an ihnen vorüber, so blau auch der Herbsthimmel lachte und so schön sich die beiden Zwillingsknaben entwickelten. Für Frau Smny= ten hatte nichts mehr Reiz! Das Lächeln der Kinder er= innerte sie an das Lächeln ihres Sohnes, der verloren schien. Die ruhige, liebliche Zärtlichkeit der Knaben lockte Thränen in ihr Auge. Ihr Gedeihen an Leib und Seele erfreute sie nicht, sondern beläftigte ihr bekümmer= tes Herz durch die stete Rückerinnerung an den Vater derselben, der vielleicht schon tobt war.

Unter diesen Umständen wuchsen Henriken's Ver= pflichtungen, eine Sache zu ändern, die sie herbeigeführt hatte. Nach ihrer Meinung war kein Opfer zu groß dazu und sie gedachte, allen Ernstes, eine Reise nach der Residenz zu unternehmen um ihr Heil dort zu versuchen.

Heribert war nach Potsdam gereist. Nachdem er nochmals beim Gerichtsamte in Strelitz dem verloren gegangenen Freibriefe nachgeforscht und die Nachricht erhalten hatte, daß Jan Smnyten in höchst eigener Per=

son vor mehreren Wochen dort Alles aufgeboten habe
um den Verbleib dieses Documentes, das plötzlich von
Wichtigkeit für ihn war, zu ergründen, blieb der Weg
zur Abhülfe der Noth auf des Königs Gnade beschränkt.
Er kam zur Mühle mit dieser Erklärung, versprach sein
möglichstes zu thun und verließ dann die Gegend. Er
war die letzte Stütze Henriken's gewesen. Als Tag an
Tag verstrich ohne Hülfe zu bringen da fing Henrike an
Pläne zu schmieden, die aber gewiß an ihrer Unkenntniß
aller Weltverhältnisse gescheitert wären, wenn sich der
Himmel nicht erbarmt und in's Mittel geworfen hätte.

Eines Tages trat der Wachtmeister zu den beiden
Frauen in's Zimmer und rief mit höhnisch herausfor-
derndem Tone:

„Na Frau Swutyken, wie ist's denn — der König
kommt in acht Tagen nach Gransee mit seiner Gemahlin
— wollt' Ihr nicht hin und ihm in's Ohr flüstern, daß
Euer Sohn den Freibrief verloren hat und desertirt
ist? Vielleicht rührt es das Herz Sr. Majestät und er
kommt, Euch zu besuchen, wie Ihr Euch schon gerühmt
habt!"

Er lachte, daß die Balken dröhnten und warf sich ungebürlich auf den heilig gehaltenen Sorgenstuhl des seligen
Swutyken nieder. Nicht ein Wort der Erwiederung kam
von den Lippen der Frauenzimmer, aber ein aufleuchten-

der Blick Henriken's verrieth der Frau, daß sich in der Brust derselben ein Entschluß befestigt habe.

Der Wachtmeister, gerade als wolle er sich einen Scherz mit der hülflosen Lage der beiden machen, griff seitswärts nach der Schrankthür, worin das Geld sonst verwahrt gelegen und sagte in selbem Tone:

„Das ist ja ein tüchtiger Schrank — wohl der Geldschrank, Frau Swuyken?"

„'S ist Wäsche d'rinn'," nahm Henrike das Wort.

„Wäsche? Wäsche?" lachte der Wachtmeister. „Die Wäsche möcht' ich wohl sehen!"

Keine Antwort. Frau Swuyken strickte langsam weiter an dem unermeßlich langen Strumpf, der den gichtischen Beinen des alten Werkmeisters Heinrich bestimmt war und Henrike beschäftigte sich eifrig mit den Knaben, die sie, auf jedem Knie einen, auf dem Schooße hatte.

„Nun? Denkt Ihr etwa, ich hätte kein Recht nach solchen Sachen zu fragen?" polterte der Wachtmeister heraus. „Das wollen wir doch sehen! Aufgeschlossen, Madam! Wird's bald? Aufgeschlossen! Ich habe Ordre hier zu schalten und zu walten, wie in Feindesland, auf daß Ihr mürbe werdet! Aufgeschlossen!"

Frau Swuyken erhob sich phlegmatisch. Ob sie

nicht im Stillen Gott dankte, dem jungen Mädchen freie
Hand gelassen zu haben?

Sie schloß auf, während Henrike auch nicht durch
eine einzige Miene den Triumpf verrieth, der ihre Brust
schwellte.

Der Wachtmeister warf einen gierigen Blick in den
ersten Kasten. Er enthielt die Hauben und Mützen
der Frau Swuhten. Er öffnete alle Schubladen nach
einander — nichts als Tücher, Kinderwäsche und
Strümpfe!

In einigen kleineren Kästen fand sich Schmuck, wie
die jungen Mädchen gern um den Hals tragen, auch
Ringe und Schnallen und Goldblechkämme. Der
Schrank war vollgepropft, aber nicht ein rother Heller
blitzte dem unbescheidenen Besucher entgegen. Aergerlich
warf er die Schrankthür in's Schloß.

„Um solchen Plunder steckt man das Haus nicht
'mal an!" rief er brutal. „Wo habt Ihr denn Euer
Geld?"

„Alles d'rüben!" antwortete Henrike lakonisch.
„Der Vetter Jan wohnt ja drüben!"

„Also d'rüben? Da d'rüben in der Bude?" fragte
der Wachtmeister glücklich getäuscht. „Da hat sich der
Kerl schmählich verhört —" brummte er und verließ
jähe die Stube.

„'S iſt die höchſte Zeit —" flüſterte Henrike. „Sein Muth wächſt, wie's Waſſer bei der Sturmfluth — ich hab' erlauſcht heut' früh, daß Durchmärſche von Kriegsleuten nach Oeſterreich zu erwarten ſind — paß auf, Mutter Swuyken, das benützt der brutale Menſch und plündert uns."

„Gott ſei's gedankt, daß Du aufgeräumt hatt'ſt. Wo liegt's? Iſt's auch ſicher?"

Henrike nickt nur und ſang den Knaben ein luſtiges Schifferlied, denn ſie bemerkte, daß der Wachtmeiſter einen Poſten draußen an's Fenſter kommandirt hatte, der lauſchen ſollte.

Das mußte anders werden. Auf ſich ſelbſt angewieſen, griff Henrike zum erſten Mittel, das ſich ihr zu bieten ſchien. Der König kam nach Granſee! Gut — ſo mußte ſie jetzt nach Granſee um dort die Gelegenheit zu erſpähen, ihm in Kenntniß von einem Ungemache zu ſetzen, das, nach Heribert's Verſicherung, die Grenzen des Rechtes überſchritt. Die Verſicherung dieſes jungen Edelmannes garantire ihr den Erfolg ihrer Reiſe nach Granſee. Des Königs Gerechtigkeitsliebe war ſchon in den wenigen Jahren ſeiner Regierung ſprichwörtlich im Volke geworden und man ſprach hin und wieder von eclatanten Erfolgen, wenn er in Kenntniß von ungerechten Amtsverwaltungen geſetzt worden

war. Warum sollte sie den Versuch nicht wagen? Gran=
see vom jenseitigen Ufer in einem Tage zu erreichen, war
ihr bekannt. Eine alte Verwandte, die dort wohnte,
mußte sie bei sich aufnehmen, so daß sie in voller Muße
die Ankunft des Königspaares erwarten konnte. Aber
wie? Wer besorgte dann die Kinder hier in der Mühle,
die so sehr an ihre Pflege gewöhnt waren, daß sie, wie
ein paar Pflänzchen ohne Sonnenschein verschmachteten,
wenn sie mehrere Tage sich ihnen entzog. Außerdem
wurde es für Mutter Swuyken eine Last mehr und
durfte das nicht sein. Also — die Knaben mußten mit
nach Gransee, das war ja leicht zu machen. Ein hüb=
sches Korbwägelchen stand im Schuppen — zwei tüch=
tige Pferde mußte der alte Werkmeister liefern — das
Wetter war günstig — der Herbst ungewöhnlich milde
und beständig — Stürme gab's noch nicht und schlimm=
sten Falles schützte ein Wachstuchdach über den Wagen
und eine hinlängliche Menge Betten die gesunden, der=
ben Jungens vor Erkältungen.

So weit war also der Plan Henrikens gediehen,
aber ohne Beihülfe des alten Werkmeisters konnte er
nicht fertig werden, also mußte sie ihn in's Vertrauen
ziehen.

Gedacht — gethan! Henrike nahm ihre beiden
Pfleglinge in die Arme, schlang kunstgerecht ein großes

Wollentuch um ihre Schultern, so daß es sie beim Tragen der Kleinen wesentlich unterstützte und promenirte lang=sam im Herbstsonnenscheine hinaus in die Pappelallee und von dort nach der Mühle, die in träger Ruhe fei=erte, weil Handel und Wandel durch des Hausherrn Abwesenheit in's Stocken gerathen war.

Der alte Heinrich sah sie kommen und eilte in den Vordergrund des Triebwerkes um sie zu begrüßen.

Er hatte eben mit schwerem Herzen die Unthätig=keit im Geschäfte überlegt und es schien ihm, als hätten seine Gedanken darüber das junge Mädchen, dessen Un=entbehrlichkeit im Hause er längst erkannt hatte, herge=führt.

Der alte, joviale Mann liebte auf seine Weise nichts so sehr auf dieser Welt, als die junge, schlanke Henrike und er hielt keinen Mann auf dieser Welt wür=diger für sie, als seinen jungen Herrn. Die Sache stand längst fest bei ihm. Er betrachtete Henrike als seine Herrin und ihre Wünsche wurden Befehle für ihn.

Aber der Plan, den sie vor seinem Ohre, geheim=nißvoll flüsternd, entwickelte, der schien ihm dennoch kaum ausführbar. Erstens wurden die Pferde im Stalle executionsmäßig bewacht und er durfte nicht den Schwanz derselben zur Thüre hinausstecken, geschweige denn das ganze Pferd.

Zweitens benutzten die Soldaten das Korbwägel=
chen täglich zu ihrem Plaisir und sie würden sich dem
Gebrauche zu anderen Zwecken widersetzen. Drittens
erlaubte der Wachtmeister nun und nimmermehr, daß sie
nach Gransee fuhr und dort durch persönliche Beschwer=
den, seine sorglose Existenz hier auf der Mühle, bedrohte.
Was war nun zu thun?

Henrike versank in Nachdenken. Der alte Mann
schaute ihr bekümmert in's Gesicht.

Ein Strahl überirdischen Muthes durchzuckte plötz=
lich dieß feine, blaße Mädchenantlitz.

„Gut, lieber Heinrich — so geh' ich bis zur Fähre
zu Fuß — ein Bursch' aus der Mühle mag mein Ge=
päck tragen. Die Kinder nehm' ich mit. Es merkt's kein
Mensch, daß ich ausgewandert bin. D'rüben geh' ich
bis Dönitz und such' mir da Fuhrwerk zu schaffen bis
Pritzwalk. Da wird's schon Gelegenheit geben ein Wä=
gelchen zu miethen das mich nach Wittstock und von da
nach Gransee schafft!"

„Ihr wißt Bescheid da d'rüben?" fragte der alte
Mann sichtlich beruhigt und erfreut über den Plan, da
er nun in Ausführung gebracht werden konnte, ohne ihn
in Conflikt mit den herrschsüchtigen Wachtmeister zu
bringen.

„Ich bin wie zu Haus dort!" erklärte das Mäd=

chen vergnügt. „Mein' alt' Muhm' hat mich immer mitgenommen, wenn sie auf Besuch bei uns gewesen war und dann haben wir den Weg immer zu Fuß ge= macht von Boitzenburg aus. Ich hätt's nie gedacht, daß ich noch 'mal einen König die Visit' auf diesem Weg' machen müßt'!"

„Wenn nun Nachfrage um Euch ist?" meinte der alte Mann, von einem plötzlichen Bedenken erfaßt.

„Nun ich kann schon desertiren, denk' ich!" scherzte Henrike. „Mir paßt doch kein' Soldatenjack'. Wird's kund, so bin ich nach Haus! Wer kann's wehren, da ich kein Preußenkind bin. Geht nur fleißig zur Mutter in's Stübchen, während ich fort bin!"

Siebentes Capitel.

Vergebens!

Heribert war nach Potsbam abgereift. Mit der festen Zuversicht auf eine baldige Lösung aller Hemmnisse hatte er seine Heimath verlassen und war zu der, früherhin von seinem Vater bestimmten Zeit aufgebrochen um mit fliegender Eile ein Ziel zu erreichen, welches ihm alles Glück der Erde entgegenstrahlte.

Wer ihn dahin reiten sah mit den glänzenden Augen, fröhlich in dem Glauben an einem Irrthum, der seine Vereinigung mit Lucilie nur gehemmt habe um ihn desto seliger werden zu lassen, der blickte ihm mit dem Wunsche des Wohlwollens nach. Viele kannten ihn, als den Herrn auf Kerkenhagen, der so jung und doch so fleißig und tüchtig war, der in seiner gutmüthigen Heiterkeit mehr ausrichtete, als andere mit dem strengen

Stolze, und die Mädchen und Frauen lächelten freund=
lich zu dem Gruße, den er mit schalkhafter Ehrbarkeit
ihnen zurief.

In dem Ausdrucke seines Wesens mochte etwas von
der liebenden Unruhe eines Herzens liegen, denn sie
wendeten sich hinter ihm um und flüsterten: „Er reitet
auf die Frei' — dem wird's schon glücken!"

Fort ging es über Feld und Flur, durch Wald und
Sand! Immer näher kam er dem Orte, wo sein Vater
seiner harrete. Dieß nahm er als ganz gewiß an, obwohl
kein weiterer Brief eingetroffen war.

Mit kindlicher Pietät hatte Heribert vermieden,
neuerdings daran zu erinnern und eine Antwort seines
Briefes zu fordern. Er ließ die Zeit lieber langsam an
sich vorüberschleichen, als daß er seinen Vater, eine Mi=
nute nur, unwillig gemacht hätte.

Eine Rose auf dem Herzen, die ihm Lucilie, als
einen Spätling der Rosenflur gesendet und hoffnungs=
reiche Wünsche hineingeflüstert hatte, — eine Rose im
Herzen, die ihm das lieblichste schien, was jemals auf
Erden geblühet — so eilte er dahin, fröhlich und wohl=
gemuth bis er an der Thür des väterlichen Hauses hielt
und den Thürklopfer hart erdröhnen ließ, als auf das
erste bescheidene Klopfen nichts erfolgte.

Es regte sich keine Bedientenhand ihn einzulassen.

Stumm blieb es innen — öbe starrten ihn die Fenster an, die er nun scharf zu mustern begann.

Nochmals ließ er den Messinghammer auf die Eisenplatte fallen, daß es weithin schallte und mancher Nachbarkopf aus dem Fenster fuhr.

„Die Herrschaft ist noch nicht zurück!" sagte ein Vorübergehender.

• „Wie? Noch nicht zurück? Wohin sind denn die Bewohner dieses Hauses allzusammen gereis't?" fragte er sehr verwundert.

„Das weiß ich nicht. Fort sind sie Alle mit einander schon seit vier bis sechs Wochen. Es kam ganz plötzlich."

Der Mann schritt weiter und Heribert, der wie vom Donner gerührt dastand, schwang sich wieder auf's Pferd um nach Berlin zu eilen, wo sein Bruder als Offizier stand.

Auch hier erfuhr er nichts näheres. Sein Bruder wußte kaum etwas von der Abreise der ganzen Familie. Nur dessen erinnerte er sich, daß ihm einer seiner Freunde in einer Assemblée zugeflüstert habe, der Minister von Hardenberg werde nach Potsdam reisen und den Major von Wendemark als Mittelsperson engagiren, um vertraulich den Erminister Graf Haugwitz zu sondiren, bevor man officielle Schritte wagte."

Also nach Schlesien, wo dieser vornehme Anver=
wandte sich aufhielt, nach Schlesien war die Familie ge=
reist und zwar so geheim, daß nicht einmal ein Wort
davon zu den Söhnen gelangt war? Jetzt tauchte der
Argwohn seinen giftigen Stachel in das Innere des jun=
gen Mannes und die schwankende Brücke seiner Hoff=
nungen, die ihn zu einer glücklichen Zukunft zu leiten
geschienen, erwies sich als unhaltbar — sie brach zu=
sammen unter dem ersten Schritte zur Lösung aller
Wirren. Er sah sich ganz unversehens der Seligkeit seiner
Zukunft entrückt!

So sehr er sich auch bemühete, die Möglichkeit eines
Zufalles gelten lassen zu wollen, es half ihm nichts.
Eine unabweisliche Stimme flüsterte ihm immerfort die
unglückseligen Worte zu: „Dein Vater ist der Erklärung
ausgewichen — Dein Vater ist geflohen vor Dir!"

Trotz seiner Niedergeschlagenheit vergaß er seines
Versprechens nicht, das er Henriken gegeben. Er machte
seine alten Bekanntschaften mit mehreren einflußreichen
Personen geltend und suchte durch sie einen erneuerten
Freibrief zu erlangen.

Auch hierin glückte es ihm nicht. Er stieß auf Wi=
derstand. Man legte jetzt dem Begründer einer holländi=
schen Schneidemühle viel zu wenig Bedeutung bei, da
die Constructionen derselben längst verbreitet waren und

glaubte schon übergenug gethan zu haben einem Ausländer so enorme Vorzüge zu gestatten.

Es herrschte überhaupt in allen Zweigen der Ver-
waltung eine babilonische Verwirrung der Begriffe. Die
Furcht vor dem Kriege, der vor der Thür stand, zersetzte
Recht mit Billigkeit und Billigkeit mit Recht dergestalt,
daß weder Recht noch Billigkeit daraus hervorging, sondern nur der Wunsch die Einnahmen des Staates zu
vermehren.

Heribert faßte den Entschluß Jan Swunken zu
einer Rückkehr in sein Vaterland oder doch zu einer
Uebersiedlung nach der Heimath seiner Mutter zu rathen,
denn es war vorauszusehen, daß seine Verhältnisse im
Preußenlande nie wieder auf den Fuß zurückzuführen
sein würden, wo sie bis dahin gestanden hatten und es
bemächtigte sich Heriberts der Verdacht, daß das Ab-
handenkommen des Freibriefes nicht zufällig sein möchte.
Man hatte Kenntniß von den Prärogativen des Holländers Swunken erhalten und war wahrscheinlich darauf ausgegangen, dieselben erlöschen zu lassen und ihn
dem Staate als gewöhnlichen Bürger einzuverleiben.

Geduldig kehrte Heribert, nach allen vergeblichen
Bemühungen ziemlich niedergeschlagen, nach Potsdam
zurück in der Absicht noch einige Tage auf seinen Vater
zu warten. Er machte sich mit dem Gedanken vertraut

sein Lebensschiff scheitern zu sehen. Von dem Willen seines Vaters frühzeitig nach Kerkenhagen geführt, um, als Erbe der Lehnsgüter, das Leben auf dem Lande von der anziehenden, patriarchalischen Seite kennen zu lernen, fehlte ihm der Stolz und Ehrgeiz, welcher den Mann zum Ruhme führen und ihn dort das Glück finden lassen kann, das einen Ersatz für verfehltes Herzensleben bietet. Seine Neigung kettete ihn an die Einfachheit und Einförmigkeit eines Landlebens und sein Vater hatte nicht unrecht, als er seine gehobene, poetische Anschauung auffallend fand.

Heribert war ein innerlich glühender, äußerlich ruhiger und heiterer Mann. Practisch und tüchtig, wie selten ein junger Edelmann seiner Zeit, verschwendete er sein Leben nicht in Dingen, die er als unnütz erkannte, gab sich aber um so leidenschaftlicher dem hin, was ihn fesselte, was ihm gut und schön erschien.

Auf diesen Grundlagen ruhte auch die Liebe zu Lucilien. Sie wurzelte in einem reinen, ganz unentweiheten Herzen, in einer glühenden Phantasie und in der Romantik der Zeit, die die Liebe bis zur verzehrenden Flamme anfachte.

Wie grenzenlos veröbet mußte diesem Manne ein Dasein erscheinen, das er mit Bildern zu schmücken begonnen hatte, werth der Thätigkeit eines mühevollen

Lebens! Wie entsetzlich mußte ihm eine Zukunft erschei=
nen, aller Blüthen beraubt, die das Erdenleben schmücken
und verschönen können!

Ein einsames Landleben an Luciliens Seite —
welch' eine Paradiesesseligkeit!

Aber ein einsames Landleben ohne das belohnende
Lächeln der Geliebten — welch' ein trostloses Bild!

Geduldig wartete er im Gasthause, dem verschlos=
senen Vaterhause gegenüber, auf die Rückkehr seines
Vaters um die Gewißheit seines ewigen Elends mit=
nehmen zu können!

Sein Vater kam nicht zurück und von den mitlei=
digen Blicken des Gastwirthes belästigt ritt er denn end=
lich nach drei langen qualvollen Tagen wieder heim nach
Kerkenhagen.

Sein Blick war nicht mehr schön im Glanze der
Hoffnung, sondern von Schwermuth getrübt.

Still ritt er seine Straße — er trug ja ein himm=
lisches Glück zu Grabe! Stumm trug er sein Leid — er
trauerte ja um die Ehre eines geliebten und verehrten
Vaters.

Warum sollte sein Vater eine Aufklärung verzögert
haben, wenn nicht die Schuld seine Handlungen regelte.

Warum sollte er die Verbindung mit Lucilie nicht

auf alle Weise fördern, wenn nicht eine schwere Schuld als unüberwindliches Hinderniß im Wege stände.

Seine Erfahrung erbitterte ihn aber nicht gegen den Vater. So düster ihm die Zukunft erschien — die Vergangenheit seines Vaters lastete schwerer noch auf seiner Seele.

Was mußte dieser gelitten haben unter dem Drucke des Gewissens! Woher mochte er Trost geschöpft haben um seinem Leben den Schimmer der fröhlichen Zufriedenheit zu verleihen? Gewiß lagen Entschuldigungsgründe vor, fähig seine Vergehen in den Augen seiner Kinder zu verkleinern, aber unzureichend den Zorn und Gram der Familie des Freiherrn zu mildern.

Nach und nach bildete der Kummer ein neues Band zwischen ihm und dem Vater — ein Band gemeinsamen Leidens — ein Band gemeinsamer Trauer, gemeinsamer Entsagung! Dieses Band konnte vielleicht Trost für ihn enthalten! Wenn sein Vater zu ihm flüchtete mit dem schweren Geständnisse? O, sein Blick leuchtete voll göttlichen Erbarmens! Nie sollte eine Klage seinen Lippen entfliehen — nie sollte ein Seufzer das verlorene Liebesglück beklagen — nie sollte seine Güte gegen den armen, gedemüthigten Vater ermatten — nie sich die Quelle seiner Kindesliebe erschöpfen.

So ritt Heribert wieder ein in die Hallen der alten

Kerkenhagener Burg und als er sich in seinem einsamen Zimmer sah, da umflatterten milde, gute und versöhnliche Gedanken seine Seele, wie Genien.

Geduldig senkte er sein Haupt in die Kissen — er wollte Alles, Alles ertragen um seines Vaterswillen, den er so hoch gehalten sein Lebelang, der ihm ein Vorbild zu allem Edlen, zu allem Großen gewesen war.

Luciliens Gestalt heiligte seine Phantasie, nachdem er die furchtbare Qual einer nothwendigen Trennung in sich gehörig verarbeitet hatte. Sie blieb fern von ihm dennoch die Seine und wenn das Erdenleben durchkämpft war, dann lösete sich der harte, trennende Schwur ihres Vaters unter Gottes ewiger Güte auf.

Er belächelte jetzt die exentrische Idee: „den Tod, mit Lucilien vereint, einem Lebenskampfe vorziehen zu wollen."

Wie viel höher stand das Opfer: „fort zu leben, in Plagen und Mühen eine Veredlung seines Selbsts zu suchen und dann, von Gott endlich heimgerufen, den Lohn des irdischen Schaffens, in der Seligkeit jener Welt zu empfangen."

Ihm unbewußt pflanzte die Kraft der Religion ihr Banner siegreich in ihm auf und verlieh ihm Trost und Ruhe, als er die Zuversicht auf ein ganz fleckenloses Leben seines Vaters einbüßte.

Sollte dieser etwas begangen haben, was ihm Gottes Barmherzigkeit nöthig machte, so bot er jetzt sein ganzes Glück als Sühne dar, um die Rachegeister der Familie zu versöhnen!

Achtes Capitel.

Eine glückliche Reise.

An demselben Tage, wo Heriberts männlicher Muth die harte Probe bestand ohne zu brechen, zog Henrike, auf einem Leiterwägelchen, ganz wohlgemuth mit ihren Pflegekindern in Gransee ein.

Sie hatte schon unterwegs erfahren, daß nicht der König von Preußen, wie ihr der Wachtmeister mitgetheilt, sondern die Königin ihren erlauchten Vater, den Herzog von Meklenburg-Strelitz zu besuchen kam. Ihr war dieß gleich. Was sie dem fürstlichen Oberhaupte des Preußenstammes zu sagen und zu klagen hatte, das konnte sie auch der Königin sagen. Sie nahm an, „daß sich ein Paar Eheleut' die Sach' schon erzählen würden.“

Es hatte übrigens sein Gutes, daß Henrike ihre

Reife schleunig in's Werk gesetzt, denn sie kam gerade Abends vor dem Tage an, wo die Königin erwartet wurde und es blieb ihr nur so viel Zeit sich genau über die Umstände zu unterrichten, die ihr zu wissen nöthig waren.

Eine unendliche Zuversicht strahlte aus ihren Bli= cken, als sie sich am nächsten Morgen in das Gewühl der Neugierigen mischte, die sich auf den Straßen und Plätzen herumtrieben um die schöne Königin zu sehen.

Mitten im wechselnden Straßengewühl stand sie den einen Knaben im Arm, während der Bursche von der Mühle den zweiten Knaben trug. Ihre trostlos starre Miene der Gleichgültigkeit hatte sich gelöst und war einer reizenden Freundlichkeit gewichen. Kehrte doch nun Glück und Ruhe wieder in das Haus zurück, das ihr ein Asyl des Friedens gewesen war bis die rauhe Hand der Ungerechtigkeit sich darauf gelegt hatte.

Ihr Plan beschränkte sich ganz einfach auf den Vor= satz, die Königin ohne weiteres anzureden und ihr mit= zutheilen, daß man sich in ihrem Lande eine Ungerech= tigkeit erlaube. Sie meinte in ihrer grenzenlosen Unbe= fangenheit, daß dieß genügen werde um die hohe Dame zu weitern Nachforschungen zu veranlassen.

Es war sogar sehr wahrscheinlich, daß der Name Swuhken ihr bekannt sein werde und Henrike vertrauete

11*

ihrer natürlichen Beredsamkeit viel zu sehr, als daß sie
durch den Gedanken an ein Gespräch mit der Königin
verwirrt werden konnte.

Gemüthlich schlenderte sie mit dem Burschen Jakob
aus der Mühle, der den andern Knaben trug, durch die
Langstraße und suchte sich nach und nach einen Weg bis
zum weißen Schwan zu bahnen, wo die Königin von
einigen hohen Herrschaften in Empfang genommen wer=
den sollte.

Es gelang ihr bis dicht an die Stufen des Hauses
zu kommen. Hier faßte sie Posto. Oben im offenen
Fenster standen mehrere Herren und Damen, die sich an
den Gruppen der Neugierigen ergötzten, welche in der
Straße auf und abwallten. Der Tag schritt vor. Eine
drückende Wärme stieg mit der Mittagssonne herauf.
Nicht ein Lufthauch regte sich um den heißen Herbsttag
zu kühlen.

Henrike, immer besonnen und vernünftig, hatte sich
vorgesehen und Erquickungen für sich und die Kinder
mitgenommen.

Während sich also viele, von Durst und Hunger
gepeinigt entfernen mußten, als sich die Ankunft der
Königin verzögerte, während dieser Zeit gewann sie den
besten Platz zu ihrem Vorhaben ohne große Mühe. Ru=
hig stand das junge Mädchen oben auf der Freitreppe,

dicht an der Thür und wartete. Ueber ihr am Fenster plauderten die vornehmen Herrschaften.

Eine Stimme vor allen wurde laut, die sie zu interessiren begann. Diese Stimme, klangvoll und fest, wie selten eine Männerstimme, hatte sie schon gehört.

Sie dachte nach, kam aber, trotz alles Nachdenkens nicht dahinter, wo sie diese schöne Stimme schon gehört haben könne. Der Herr sprach nicht so laut, daß sie hätte von seiner Rede etwas verstehen können, aber er sprach eifrig und sichtlich bewegt zu einer Dame, die ihm stets so leise antwortete, daß es eher einem geisterhaften Lispeln glich, als einer menschlichen Antwort.

Henrike lauschte achtsamer, denn auch diesen weichen Flüsterton kannte sie.

Da durchleuchtete endlich ein grelles Licht ihr Erinnerungsvermögen, denn eine sonore Damenstimme wurde hörbar und diese sagte:

„Die Hitze ist unerträglich, Durchlaucht!"

„Etwas ungewöhnlich für den Herbst, Gräfin!" antwortete der Herr kurz.

„Es würde uns eine Erleichterung gewähren, wenn Prinzessin Amely sich einige Minuten vom Fenster zurückziehen und ruhen wollte," fügte die Gräfin hinzu.

„Gehen Sie doch!" sprach der Herr. „Prinzeß Amely wird mir erlauben, daß ich hier die Unterre=

dung fortſetze, die ich zu beginnen für gut befunden
habe!"

„Nur einige Minuten —" bat die Gräfin zurück=
tretend.

Henrike wußte nun, wer da oben ſtand, ſie wußte,
daß der Prinz von Hollfingen mit der Prinzeſſin Amely
ſprach, ſie wußte, daß dort oben ein Band zerriſſen
wurde, welches ſeit ihrem Gange nach Solitude ihre
Theilnahme auf's lebhafteſte in Anſpruch nahm.

Jan hatte durch einige Andeutungen das rechte
Licht über die Verhältniſſe des Prinzen zu Ludmilla ver=
breitet — er hatte die Dame als Frau des Prinzen auf=
geführt — ſie hatte die Knaben geſehen, welche dieſer
Verbindung ihr Daſein verdankten — ſie hatte das
engelſchöne Mädchen in ihrem Arm gehabt und geküßt.
Ein unſägliches Erbarmen durchzuckte ihr Herz und ſie
horchte auf die Unterhaltung, als gälte es ihr eigenes
Glück.

Nicht eine Silbe konnte ſie aber verſtehen. Der
Prinz ſprach immer raſcher und raſcher — die Prin=
zeſſin antwortete immer weniger und immer leiſer, end=
lich erhob ſie einmal die Stimme mit einem gewaltſa=
men Aufſchwunge und da ſagte ſie nichts weiter, als das
einfache Wort:

„Gewiß?"

Jetzt galopirten die Vorreiter die Straße herauf. Alles schrie und jauchzte vor Freude — Alles drängte sich um nur einen Platz zu erhalten! Henrike aber schaute seelenruhig vor ihrem zeitig errungenen Standpunkte auf die Menge hinab und übergab den Burschen Jakob nun auch den zweiten Knaben.

Noch eine Viertelstunde mußten sie warten, dann rollte ein sechsspänniger Wagen mit möglichster Schnelligkeit auf den Gasthof zu und des Prinzen von Hollfingen hohe, ritterliche Gestalt wurde im Hausraume sichtbar. Hinter ihm standen die Hofherren des Strelitzer Fürsten.

Der Wagen hielt. Der Prinz empfing die Königin mit ehrfurchtsvollem Handkuße. Sie stieg an seinem Arme die Stufen des Hauses hinauf und blieb dann, das Antlitz der jubelnden und jauchzenden Menge zugewendet, stehen.

Da stand sie, die schöne, hohe Dame und schaute huldvoll lächelnd auf die hinab, welche sich ihretwegen versammelt hatten.

Henrike lehnte, dicht neben ihr an den Thürpfosten des Einganges und sah sie fest und ruhig an, als wolle sie erforschen, was für ein Geist, was für ein Gemüth in dieser schönen Gestalt wohne.

O, die Milde, mit der sie sich dem Volke zu Ge=

fallen der Mittagsglut aussetzte, die holde Freundlich=
keit, womit sie sich neigte zum Genuße, die Güte, die
dabei ihr Gesicht verklärte, Alles das ließ hoffen, daß
Henriken's Worte nicht unbeachtet an ihrem Ohre vor=
übergehen würde.

Wie einfach, wie schmucklos stand sie da. Wie züch=
tig verhüllt in dem großen, leichten Tuche, das die For=
men ihrer prächtigen Gestalt ganz verbarg.

Aber sie sah doch aus, wie eine Königin. Ihr
Schmuck und ihre Hoheit lag in ihrer Anmuth und in
ihren wunderbaren Augen. In ihrer Erscheinung war
kein Schein, kein Lug' und kein Trug — sie stand da,
holdselig in dem Gefühle, die Königin zu sein, welche
eine Mutter ihres Volkes ist.

Henrike fühlte das augenblicklich heraus. Rasch
trat sie vor und sagte laut:

„Glück und Segen über diese Königin!"

Die Königin wendete sich um zu ihr und lächelte
über diesen naiven Enthusiasmus so süß und so lieblich,
wie ein Engel.

Der Prinz von Hollfingen jedoch ließ seinen Blick
forschend über Henriken's Gestalt schweifen. Ihn be=
fremdete der Muth des Mädchens. Er sah auch mit
wachsendem Erstaunen, daß Henrike ihr Auge seltsam

kühn zum Auge der Königin emporhob und Miene zum Sprechen machte.

· Ehe er jedoch nur durch eine Pantomine ihrem Vorhaben entgegentreten konnte, sagte die Königin leise und dringend:

„Wollt Ihr etwas von mir? Wer seid Ihr, liebes Kind ."

„Ja wohl, will ich was von der Königin — und ich komm' in meines Schwagers Namen zu der Preußen Königin um Gerechtigkeit zu erbitten!"

„Gerechtigkeit?" wiederholte die hohe Frau gütig, aber etwas ernster, als vorhin.

Der Prinz schüttelte verdrießlich den Kopf und murmelte:

„Unbescheiden!"

„Nicht unbescheiden, durchlauchtiger Herr," erwiederte Henrike freimüthig. „Nur die Noth treibt mich! Wenn auch Gewalt die Oberhand gewinnt, so wird's Recht doch nie darüber zu Grund' gehen! Meinem Schwager Jan Swutzken auf der holländ'schen Schneidemühl' geschieht aber groß' Unrecht —"

So widerwillig der Prinz bis dahin der dreisten Anrede Henriken's gewesen war, der Name weckte sein Interesse und er horchte aufmerksam.

In diesem verhängnißvollen Momente wurden plötzlich die beiden Knaben auf Jakob's Arm unruhig. Henrike wendete sich blitzschnell und nahm sie auf die Arme.

„Was für allerliebste Kinder!" rief die Königin lebhaft.

„'S sind die Kinder des Mannes, den die gnädigste Frau Königin beschützen soll," sprach Henrike, die ihren Muth bei diesem Ausrufe noch wachsen fühlte.

„Nun, so sprecht! Ich habe auch Kinder, liebe, süße Kinder — wenn ich helfen kann, will ich helfen — mein Wort darauf!" rief die Königin sichtlich theilnehmend.

„Der Vater dieser Kinder soll Soldat werden — er will aber nicht!"

Die Königin hob ihre Augen und sah Henrike sehr ernst an.

„Warum will der Mann seinem Herrn und Könige nicht als Soldat dienen? Meint Ihr, Euer guter König würde Familienväter aus dem Kreise ihrer Familien reißen, wenn es nicht dringend noth thäte? Warum weigert sich dieser Mann, dem Landesvater zu helfen, mit seinem Gut und Blut?"

Da stand Henrike an der Grenze ihrer großen

Weltweisheit und senkte etwas beschämt den freierhobe-
nen Blick zu Boden.

Die Königin, immer gleichmäßig ernst das Mädchen betrachtend, fuhr fort:

„Es mag traurig sein aus dem Kreise seiner Familie zu scheiden, aber mein Herr und König wird Soldaten brauchen, wie soll er dabei Alles berücksichtigen
können, was sein Volk wünscht und will! Wo steht der
Mann, für denn Ihr bittet?“

„Er ist noch gar nicht eingekleidet — wir wissen
nicht, wo er ist!“ erwiederte Henrike leiser.

Die Königin richtete sich höher auf und trat einen
Schritt zurück. Sie behielt aber das Mädchen fest im
Auge.

„Entflohen also — desertirt! Ein Preuße seinen
Könige — seinem Vaterlande entflohen, weil er Soldat
werden sollte? Ich dachte, solchen Gesinnungen hier
nicht zu begegnen!“

Ihre Stimme klang ganz anders, wie bisher
und ein schmerzliches Zucken um die Lippen verrieth
ihr verletztes Gefühl.

„Er ist nicht Preuße,“ flüsterte der Prinz zu ihr
niedergebeugt.

Henrike, etwas verwirrt von dem augenscheinli-

chen Unwillen der hohen Frau blickte hell auf, als sie
des Prinzens Worte hörte:

„Jan Swuyken ist eines Holländers Sohn," sagte
sie eilig. „Und eines preußischen Königs Wort und
Schrift hat ihn einst Freiheiten gegeben, die man ihn
jetzt bestreitet. Ist's gerecht, daß man ihn zwingen will,
die Soldatenjack' anzuziehen und daß man Execution
auf die Mühl' schickt, die da handelt und thut, als sei sie
in Feindesland? Ich dacht' mir, wenn's die Königin er=
fährt, so wird's schon helfen, denn der Preußen Landes=
herr soll ein Vorbild der Gerechtigkeit sein für all' Für=
sten, die da leben. Also nahm ich mein' Muth zurecht
und ging es der Frau Königin zu sagen. Ich bitt' nur
die allergnädigste Königin um Gerechtigkeit und nicht
um Gnad'!"

„Ich werde Euch nicht helfen können, liebes Kind,"
antwortete die Königin mit leiser, bewegter Stimme.
„Ich würde es nie über mich gewinnen können, meinem
Herrn und Könige gegenüber Eurer Sache eine Für=
sprecherin zu werden. Laßt den Mann schriftlich einkom=
men, laßt ihn seine Rechte bei der betreffenden Behörde
geltend machen — wenn seine Gerechtsame verletzt sind,
so wird ihm sicherlich geholfen werden — wo nicht, so
muß er seine Pflicht als Bürger des Staates erfüllen,
in dem er eine Heimath gefunden hat."

Sie neigte grüßend die Stirn ein wenig und schien schnell fortgehen zu wollen. Ihr Blick fiel jedoch nochmals auf die Knaben, die jetzt ruhig und schön, wie zwei Engel, an Henrike geschmiegt zu ihr aufschaueten. Der Anblick ergriff die hohe Frau. Sie legte die Hand gegen ihre Brust und setzte hinzu:

„Gott weiß, daß ich Euch helfen möchte, dieser Kinder wegen!"

„Es wär' leicht, uns zu helfen, da wir gerecht' Sache haben," sprach Henrike sehr fest und entschieden und ihr Blick nahm eine gewisse Kühnheit an. „Wenn's dem König nur zu Ohr gebracht würd', daß dem Brettmüller Jan Swuyker, dem Sohne des Jan Joost Swuyken, dem der alte Fritz Schenkungen gemacht hat und einen Freibrief für alle Zeiten gegeben, Ueberlast geschieht. Wär' der Freibrief nicht verlegt, brauchten wir keine Gnad'."

„Kommt schriftlich ein, dann wird man gerecht über Eure Forderungen entscheiden," sagte die Königin mild. Danach erhob sie ihre Stimme etwas mehr und fügte mit großem Ernste hinzu:

„Vor allen Dingen sucht aber diese Knaben zu redlichen Unterthanen Eures Königs zu erziehen, die ihrer Pflichten gegen das Vaterland eingedenk sind und sich denselben unterwerfen!"

Sie schritt rasch zur Thür hinein.

Der Prinz von Hollfingen, der mit eigenthümlichem Lächeln das junge Mädchen betrachtet hatte, wendete jedoch den Kopf unmerklich zurück und flüsterte: „Wartet!"

Henrike starrte, wie im Traume, ihnen nach. Ihre Hoffnungen auf Hülfe schienen vereitelt zu sein. Dennoch stand das Bild der Herrscherin von Preußen mit einer Holdseligkeit vor ihrer Seele, daß sie sich in einem Rausche von Entzücken der Erinnerung an sie hingab.

Ein Lakai stürzte nach wenigen Minuten auf sie zu.

„Sr. Gnaden, Durchlaucht von Hollfingen befiehlt, Ihr sollt' ihn hier erwarten — die Königin würde nur wenige Minuten bleiben — dann wollen Durchlaucht Euch sprechen!"

Henrike nickte so gemüthlich, als hätte der alte Werkmeister Heinrich sie zu sprechen verlangt. Sie trat in die Hausflur, zog einen kleinen Schemel dicht an die Wand, damit sie nirgends im Wege sei und setzte sich darauf nieder.

Ihr Gespräch mit der Königin hatte Aufmerksamkeit erregt. Man betrachtete sie mit einiger Ehrfurcht und als ihre Knaben zu schlafen begannen, da eilte die Wirthin ihr das Bettlein ihrer eigenen Kinder anzubieten, damit die Knaben besser ruheten.

Henrike nahm das an. Sie sendete den Jakob aus
der Mühle zu ihrer alten Muhme zurück um ihr Be=
scheid sagen zu lassen und wartete unter mancherlei Re=
flexionen, der Zeit, wo der Prinz mit ihr sprechen wollte.

Im Grunde ihres Herzens gab sie der Königin
nicht ganz unrecht. Von ihrem Standpunkte aus be=
trachtet, hatte Jan Smuhken eine Pflicht verletzt und
verdiente nicht, sich ihrer Fürsprache zu erfreuen. Das
verlangte aber auch Niemand. Es sollte nur darauf Rück=
sicht genommen werden, daß der König Friedrich der Große
etwas versprochen hatte, was gerechterweise von allen
anderen Königen gehalten werden mußte, auch wenn
das Papier verloren gegangen war, welches dieses kö=
nigliche Versprechen enthielt.

Henrike verlangte in ihrem störrischen Gerechtig=
keitssinne diese Anerkennung, und die Königin, verletzt
von ihrem Herrschergefühle, das Verpflichtungen der
Unterthanen umgestoßen sah, verweigerte ihre Mitwir=
kung dabei. Und doch hatten sie alle Beide recht! So
philosophirte Henrike in ihrer Ecke bis frische Pferde vor
den Wagen der Königin gelegt waren und sie selbst, in
leisem, eifrigen Gespräche mit dem Prinzen von Hollsin=
gen schnell die Treppe herab kam, ohne sie zu bemerken,
an ihr vorüberschritt, in den Wagen stieg und unter dem
Hurrahrufe der versammelten Menge fortfuhr,

Henrike sah den Prinzen aber eben so schnell wieder nach oben gehen.

Andere Wagen fuhren vor. Die Hofdamen und Hofcavaliere setzten sich ebenfalls in Bewegung und verschwanden.

Endlich hörte Henrike des Prinzen Stimme wieder. Er sprach sehr heiter und gut gelaunt, indem er die Prinzessin Amely hinabgeleitete.

„Wissen Sie, Durchlaucht," sagte die Gräfin Goltz im Hinabsteigen, „daß unser kleiner Hofstaat seiner reizendsten Blume beraubt worden ist?"

„Wie so?" fragte der Prinz.

„Unsere liebe Wendemark ist uns abtrünnig geworden?"

„Sie heirathet!" rief der Prinz froh überrascht.

„Das nicht! Der Freiherr von Wendemark war gestern in Ludwigsruh um den Urlaub seiner Tochter auf ungewisse Zeit zu verlängern.

„Er selbst — der Freiherr? Er ist ja krank zum sterben!" rief der Prinz.

„Nicht ganz zum sterben!" sprach die Prinzessin reizend lachend. „Seine Gesundheit bessert sich. Lucilie soll ihn die langen Winterabende verkürzen helfen. Ist das wohl ein unbilliger Wunsch von einem Vater, der eine so liebenswürdige Tochter hat?"

„Wer findet den Wunsch unbillig?" scherzte der Prinz. „Sie Gräfin?" Sein Ton klang herber, als er hinzusetzte: „Sie wollen nur immer Ihren Willen haben!"

Die Gräfin lachte und der Prinz wendete sich abschiednehmend zur Prinzessin. Er küßte nur stumm ihre Hand, aber Henrike fühlte sich seltsam durchzuckt von dem Blicke, womit er es that.

Die Prinzessin neigte nur stumm ihr schönes, jugendlich reizendes Gesicht, aber Henrike sah in ihrem Erröthen eine tiefe Bewegung des Herzens aufblitzen.

Sie schritt vorwärts. Henrike glaubte ein leichtes Zittern ihres ganzen Körpers zu bemerken. Sie stand wieder still. Der Prinz sah nieder auf sie. Sie hob schnell ihre Hand und reichte sie ihm mit kindlichem Lächeln noch ein Mal.

Die Hoheit des schönsten Selbstbewußtseins strahlte auf des Prinzen Stirn, als er nochmals diese kleine, zitternde Hand ergriff und sie nochmals an seine Lippen drückte.

Er blieb in Gedanken verloren stehen und sah dem fortrollendem Wagen nach, bis er verschwunden war. Dann hob er stolzer den Nacken und strich rasch über seine Stirn, als wolle er den letzten Schimmer eines Unbehagens verwischen.

Im nächsten Augenblicke winkte er Henriken und trat mit ihr in das öde gewordene Gastzimmer, das er mit einigen befehlenden Worten schloß.

„Ihr seid Henrike?" fragte er hastig.

Sie nickte nur mit dem Kopfe und heftete, erwartungsvoll lauschend, ihren Blick fest an sein Gesicht, das er in voller Gemüthlichkeit zu ihr neigte.

„In der That, Ihr habt die Vorliebe vollkommen gerechtfertigt, die Jan Smutken für Euch hegt. Ihr habt wacker für ihn gestritten und sein Urtheil über Euch bestätigt, Sie würde mit Kaisern und Königen anbinbinden, wenn es ein Recht zu vertreten gibt!" sagte er neulich zu mir."

„Das sagte Jan von mir?" fragte Henrike erglühend.

„Ja wohl und Ihr habt bewiesen, daß er Euch richtig zu beurtheilen weiß! Nun aber liebes Mädchen höchst eilig einige Fragen. Wißt Ihr wo Jan sich aufhält?"

„Nein, Durchlauchtiger Herr!" erklärte Henrike.

„Wißt Ihr, wer die Executionsmannschaften commandirt hat?"

„Ja! Der Rittmeister von Bollk!"

„Dacht' ich's doch!" rief der Prinz, des Gespräches sich erinnernd, das er auf dem Wege zum Weißenwar=

ther Forſthauſe gehört hatte. „Der dicke Bollk! Na
warte, Du dicker Bollk!" Er lachte heimlich vor ſich hin.
Alle die Scherze, welche ſich der Prinz Louis von Preu=
ßen bei den Jagdfeſten auf Koſten dieſes Fallſtaff's er=
laubt hatte, flogen pfeilgeſchwind an ſeinem Geiſte vor=
über. „Dem Schaden iſt leicht abzuhelfen, liebes Mäd=
chen — dazu gebrauchen wir keine Majeſtäten —."

Henrike faltete freudeglänzend ihre Hände zuſam=
men. Sie bat in Gedanken den Vornehmen, mit
denen Jan zu ihrem Verdruſſe ſo ſehr verkehrte, alle
Unbill ab, die ſie ihnen zugefügt hatte.

„Was mich viel mehr bekümmert und einigermaßen
in Verlegenheit ſetzt," fuhr der Prinz fort, „iſt, daß Ihr
nicht wißt, wo Jan ſich aufhält. Ich bin auf dem Wege
nach Hamburg — dort glaubte ich Jan, unſerer Ver=
abredung gemäß zu treffen. Ich habe ihn, ſo zu ſagen,
zu meinem Geſchäftsträger ernannt — habt Ihr kein
Anzeichen, daß er dorthin gegangen ſein könnte?"

Henrike verneinte es.

„Laſſen Sie nachfragen, Durchlauchtiger Herr, in
Boitzenburg — dorthin wollte er zuerſt — es war gerad'
als er von der Götterfahrt heimgekehrt!" meinte ſie treu=
herzig.

Der Prinz lachte hell auf über den Ausdruck „Göt=
terfahrt." Ihm war dieſe Luſtfahrt eine Zeitlang als

12 *

„Höllenfahrt" erschienen. Doch das hatte er nun über=
wunden.

Er verließ Henrike um sogleich einen Courier an
den Rittmeister von Bollk abzusenden. Dann setzte auch
er sich in seinen Wagen und rollte von dannen.

Getröstet und aufgerichtet von den Verheißungen
des freundlichen, fürstlichen Herrn machte sich Henrike
Nachmittags auf den Rückweg. Sie wollte bis Wittstock
fahren, wollte dort übernachten und bei Zeiten von dort
aufbrechen um noch vor Abend in der Mühle zu sein.
Ihr Herz pochte vor Verlangen die Mutter Jan's zu
beruhigen.

Auch fürchtete sie, daß ihr längeres Ausbleiben
den übermüthigen Zorn des Wachtmeisters erregen und
ihn zu irgend einer gewaltsamen Maßregel verleiten
könne.

Die Reise ging glücklich von Statten bis zur Fähre.
Trotz der ganz ungewöhnlichen Hitze, die gleichsam sen=
gend allen Frohsinn vertilgte, war Henrike lustig und
wohlgemuth.

Bei der Fähre indeß sank ihr Muth, denn es zog
ein Gewitter auf und nachdem es sich krachend und
blitzend entladen hatte, trat ein heftiger Landregen ein.

Da stand das arme Mädchen, hülflos und schutz=
los in des Fährmanns Hütte und wußte nicht, was mit

den Kindern anfangen. Ihr Wägelchen, das sie von
Pritzwalk aus genommen, bot auch keinen Schutz, da es
von allen Seiten frei und gänzlich unbedeckt war. Trost=
los schauete Henrike auf Himmel, Wasser und Erde!
Nirgends Hülfe — nirgends Rath!

Eine Stunde verflog unter stillem Seufzen.

Jakob erbot sich zur Mühle hinauf zu laufen und
dort Lärm zu schlagen. Der alte Heinrich sollte den
Korbwagen mit einem Wachstuchplan überziehen lassen
und ihn, ohne sich um den Wachtmeister zu kümmern,
herschicken.

Henrike zögerte noch und sah, hinaustretend vor
das Fährhaus, nochmals links und rechts die Elbe
hinab.

Keine Aussicht, daß es aufhören werde — aber
einen Wagen erspähete ihr scharfer Blick d'rüben am
Ufer, einen Wagen, der ebenfalls die Straße von Pritz=
walk hergerollt kam — eine jener großen, sichern Ka=
rossen, dicht zu von allen Seiten, gezogen von vier tüch=
tigen Schimmeln.

„Hol' über!" ertönte es gleich darauf. „Hol' über!
Hol' über!"

Für Henrike war dieß Unkengeschrei ein Freu=
denruf.

Vielleicht war die Kutsche leer — vielleicht saßen

mitleidige Damen darin, die ihr ein Plätzchen in der
Ecke erlaubten — oder, wenn sie, schlimmsten Falles nur
einen Platz neben dem Kutscher, unter seinem schützenden
Vordache gewährten — !

Schwerfällig setzte sich die Fähre in Bewegung —
schwerfällig fuhr sie, mit der Staatskarosse beladen,
wieder zurück.

Henrike lief, mit einem Regentuche umhüllt, zum
Strand hinab und schaute forschend in die Karosse.

Ein Herr saß darin. Mit wohlwollendem Lächeln
neigte er sein Gesicht gegen das offene Fenster.

„Wohin des Weges, gnädiger Herr?“ fragte Henrike schüchtern und bescheiden.

„Nach Wendemark, meine Liebe!“ antwortete der
Freiherr gütig. „Warum fragt Ihr, meine Liebe?“

„Ach — so müssen der gnäb'ge Herr an der hol-
länb'schen Mühl vorbei, nicht wahr? Wollen der gnäb'ge
Herr sich nicht der beiden, kleinen Kinder des Jan
Swuyken erbarmen und sie mitnehmen — wir incomo-
dir'n Sie ja nur ein kurz' Streckchen und ich bin Ihnen
dankbar für's ganze Leben, wenn Sie's thun!“

„Warum sollte ich Euch diese kleine Bitte abschla-
gen, meine Liebe! Steigt nur ein, Platz haben wir im
Wagen!“ erwiederte der Freiherr, dem das hübsche, feine
Gesicht Henrikens ausnehmend gefiel und der Jan

Smuhten's Familie genug kannte um zu wissen, daß er
es mit einer anständigen Person zu thun hatte.

Henrike sprang zurück in's Haus, warf das naß=
gewordene Regentuch dem Burschen aus der Mühle über
den Tragkorb, worin er die Sachen getragen hatte und
rief fröhlich: „Nun Jakob — mach' lang' Bein', damit
Du mit uns nach Haus komm'st!"

Der Regen strömte in Massen — Henrike und
die Kinder saßen geborgen dem Freiherrn von Wende=
mark gegenüber, der auf dem Rückwege von Ludwigsruh
nach Hause war. Zuerst beschränkte sich die Unterhal=
tung zwischen diesen beiden ganz verschiedenartigen In=
sassen des Wagens auf ein Frage= und Antwortespiel,
wie es wohl von herablassenden, vornehmen Männern
eingeleitet wird.

Bald aber fesselten die prompten, klugen Antwor=
ten Henrikens, ihr freimüthiges Wesen und die Gedie=
genheit ihres Verstandes den Freiherrn. Es amüsirte
ihn Urtheile und Meinungen aus ihr herauszulocken
und sie in ihrem drolligen Landesdialect sich aussprechen
zu hören.

Zuletzt fragte aber auch Henrike. Sie wollte gar
zu gern wissen, ob er zu den Wendemark's auf Kerken=
hagen gehöre, die sie schon hatte kennen lernen und dabei

entschlüpfte ihr die Aeußerung, daß diese Familie „kuriose Namen" hätten.

„Heißen Sie denn allzumal Norrmann und Heri= bert?" sagte sie schelmisch.

„Allerdings," bestätigte der Freiherr gutmüthig mit den Händchen der Knaben tätschelnd, die ganz ehr= bar und vernünftig da saßen und sich klug umschaueten.

„Der Förster auf Solitude erzählt' mir's neulich," sprach sie weiter. „Ist's denn wahr, daß ein Norrmann von Wendemark da drüben im Teufelssumpfe seinen Tod gefunden?"

Der Freiherr ergriff in einer unklaren Gemüths= aufregung die kleinen Händchen, die sich ihm spielend entgegenstreckten, ganz unwillkürlich so heftig, daß beide Kinder sich erschreckt zurückzogen und sich an Henriken anlehnten.

„Was sagt Ihr, meine Liebe?" fragte er dabei hastig. „Wer erzählte Euch davon?" Sein Anblick bei diesem plötzlichen Sinneswechsel hatte etwas peinliches — das eben noch so freundliche Auge starrte sie seelen= los an und er erschien Henriken bleich, wie ein Todter.

„Um Gott'swillen, gnäd'ger Herr! —" rief das Mädchen erschrocken. „Der Förster will's wissen — er will's gesehen haben! Es mag gern ein Irrthum von ihm sein, denn gekannt hat er den Reiter nicht!"

„Den Reiter? Gesehen hat der Förster in Solitude die Mordthat und hat sie nicht angezeigt?" rief ganz außer aller Fassung der Freiherr, indem sein Gesicht sich wieder färbte und seine Augen wieder Glanz bekamen.

„Von 'ner Mordthat ist ja kein' Red', gnädiger Herr. Der Jan, als Bub' ist ja auch Augenzeug' gewesen. S'mag reichlich schon zwanzig Jahr her sein!" sprach Henrike beeilt. „Der Förster erzählt's mir neulich erst!"

„Allgütiger Gott!" stammelte der Freiherr. „Was — was erzählte der Förster? Jan Swuyken ist Augenzeuge einer That gewesen, die uns beinah zur Verzweiflung gebracht und die Beiden haben den Thäter erkannt — sprich Mädchen — sprich!" bat er gebrochenen Tones. „Sag' Alles, Alles, was Du weißt — der Förster lebt doch noch?"

„Ja wohl und Jan Swuyken hoffentlich auch," tröstete Henrike treuherzig. „Ich weiß aber blutwenig davon und die Beiden, die's gesehen, wissen auch nicht mehr. — Sehen Sie Gnaden — die zwei Reiter sind daher gekommen — von der Mühl' den Weg über's Bruch bis zur Rabeneck' —"

„Zwei Reiter — zwei Reiter! Also doch — also doch!" murmelte der Freiherr unverständlich dazwischen.

„Gelacht haben sie Beide gerne genug — aber der

Eine hat's toller getrieben, als der Andere. Der Eine hat sich überboten an Kurzweil und dummen Dingen!"

„Richtig gezeichnet — richtig — Norrmann war ein Tollkopf!"

„So wird's wohl gewesen sein, denn er hat's Pistol hervorgezogen und den Raben und Krähen ein Ned' gehalten und dann d'runter geschossen."

„Wer? Wie? Geschossen? Ja, ja! Geschossen — man hat ja den Schuß gehört — wer hat geschossen?"

„Der, welcher Norrmann vom Andern gerufen worden ist!"

„Großer, gnadenreicher Gott —" betete der Freiherr von der Ahnung des richtigen Sachverhältnisses ergriffen. „Wie sagte der Major — wie sagte er zu mir? Weiß man denn, wer geschossen hat? Weiter — weiter! —"

„S' greift Sie an — ich seh's und was nun kommt ist grausig —"

„Weiter —!" drängte der Freiherr! „Erzählt weiter! Mußte ich darum nach Ludwigsruh'? Mußte darum ein Unwetter losbrechen mit unaufhörlichem Regen, damit ich endlich, endlich einen Schleier gehoben sehen sollte, der nicht zu lüften war!"

„Viel gibt's nicht mehr zu erzählen, gnäd'ger Herr!" beschleunigte Henrike sich zu sagen. „Als der Eine ge-

schoßen hatt' fiel ein Rab' zur Erde und da lachte der
und sagte: Da habt Ihr Aas, wenn Ihr was wollt, Ihr
Rabengeschmeiß. Weiter verstand dann der Förster
nichts. Sie sprachen aber immer fort und zwar sehr lieb
und freudschaftlich. Der ernste Reiter sagt' auch beim
Weiterreiten ein Mal: „Da hab' ich Dich viel zu lieb
dazu!" und bald darauf zeigt er ihm etwas. Der lustige
Reiter wollt' nun quer über den Sumpf. Der andere
befahl, er soll's bleiben laßen — er bat ihn — er flehete
ihn an — nichts half — der Reiter setzt' lachend über
den Zaun — „Siegen oder sterben" rief er und „Norr=
mann — Norrmann!" schrie der Andere. Er hatt' ver=
geblich gerufen und gefleh't — das Pferd sank — fort
war er auf ewig!"

Der Freiherr hatte längst die Hände vor's Gesicht
geschlagen in seiner Trostlosigkeit, in seinem erneueten
Jammer! Jetzt rieselten Thränen über seine Finger hin=
ab und doch athmete er so froh, so froh, als wäre es
nicht sein Bruder Norrmann, der dort in den Höllen=
pfuhl versunken war. Er begriff nämlich nun den ganzen
Zusammenhang — er begriff den Seelenzustand des
Majors, der leider die Zeugen des Vorfalles nicht be=
merkt hatte, er begriff sein festes Schweigen! Tadelte er
es auch, daß er eine Mutter sechs Jahre lang nach einem
Sohne suchen ließ, so erhoben sich doch schon sympathe=

lische Stimmen, die für diese Handlungsweise auftraten.
Noch war es nicht zu spät an's Tageslicht gekommen,
daß er ganz schuldlos an einen Tod war, der ihm den
Fluch der Mutter aufgeladen hatte. Noch war es nicht
zu spät zu Luciliens Glück! Noch war es nicht zu spät
um den unverdienten Verdacht durch vermehrte Liebe
und Achtung zu sühnen! Mit freier Brust erhob er seine
gesenkte Stirn, reichte Henriken die Hand und sagte;
„Es war allerdings mein Bruder, der versunken ist aber
ich wußte nicht, daß es hier im Teufelssumpf geschehen,
daher meine Verwunderung, daß Ihr davon erzählen
konntet. Ich danke Euch! Jan Swuyken und der För=
ster sollen mir Alles nähere mittheilen, was sie wissen
— es wird zu meiner Beruhigung dienen."

Bald erreichten sie die Mühle.

Henrike jauchzte innerlich vor Lust, als sie das
Wohnhaus erblickten. Ruhe lag auf dem Hofe — Ruhe
überall im Hause. Henrike staunte. Der Wagen hielt.

„Sie sind fort! Abmarschirt in voller Wuth vor
einer halben Stunde!" schrie Frau Swuyken ihr ent=
gegen.

„Gott sei gelobt und gedankt!" rief Henrike. „Das
verdanken wir dem Prinzen von Hollfingen."

Neuntes Capitel.

Fehlgeschossen.

Ludmilla hatte eine schwere Zeit durchlebt. Der
Schmerz hatte mit scharfem Griffel Linien in ihr schönes
Gesicht gezeichnet und der Gram hatte ihre Wangen ge-
bleicht. Aber ihr Geist war ungebeugt geblieben. See-
lengröße paarte sich mit unendlicher Weichheit in ihrem
Wesen und sie liebte den, der sie durch eine Reihe von
Jahren so unaussprechlich glücklich gemacht hatte, trotz
des Kummers, den er ihr jetzt bereitete. Sie hatte es ja
gewußt, daß Alles so kommen würde! Die Hand ihres
Vaters hatte ja früh genug den Schleier ihrer Zukunft
gelüftet und warnend gefragt:

„Wirst Du Kraft genug haben, das zu ertragen,
was Deiner wartet?"

Seit dem Tage, wo Henrike ihr den Brief überbracht, der ihr einen klaren Einblick in den Herzenskampf des geliebten Mannes gab, seit dem Tage bereitete sie resignirt ihre Zukunft vor. Sie glaubte nicht an die Versicherungen des Prinzen, womit er den Kampf der Gegenwart als den Wendepunkt zu seinem festen, unauflöslichen Glücke bezeichnete, das für ihn in der Vereinigung mit ihr und den Kindern liege. Warum glaubte sie nicht daran? Weil er von den Fesseln der Pflicht sprach! Für sie lag in diesem Ausdrucke ein Aufruf zur Lösung ihres Verhältnisses. Er wußte das, und hatte dennoch von den Fesseln der Pflicht geredet, als kenne er den Scheidebrief nicht, der darin lag.

Der Schluß seines Briefes hatte sie aufgefordert, den Boten desselben vorzulassen und sich unbedingt seiner treuherzigen Ergebenheit anzuvertrauen.

Vieles, was im Briefe ihr unverständlich erscheinen werde, könne ihr aus der Erzählung Jan Swuykens klar werden, da er als Vertrauter auftreten und handeln werde.

Ludmilla, etwas mißtrauisch durch Laura's Berichterstattungen gemacht, die von „dummbreisten Schiffermädchen" gesprochen, glaubte dem Umstande nicht nachforschen zu müssen, warum Jan Swuyken nicht selbst gekommen war. Deshalb erfuhr sie nun gar nichts und selbst die Warnung vor Laura und vor der Gräfin Golz blieb ihr vorenthalten.

Tage und Wochen waren in stillster Einförmigkeit von ihr verlebt, nicht ganz ohne Einfluß auf ihren Charakter, der im Mißgeschicke sich schärfer, schneller und kräftiger ausprägte, als früherhin im lieblichen Traumleben an des Prinzen Seite. Nicht ein einziges Mal hatte der Prinz wieder geschrieben — aber sie konnte, nach seinem Briefe aus Schrike es nicht anders erwarten. „Er wollte nichts mit seiner Vergangenheit zu schaffen haben um die Fesseln zu prüfen, die ihn hielten. Bewährten sie ihre Kraft, so war er entschlossen zum äußersten!"

Ludmilla las die Stelle des Briefes so oft, bis sie es gelernt hatte, sie ohne Thränen zu lesen. Jetzt hatte sie es dahin gebracht und sie wartete nun ruhig die Lösung des Räthsels, welches darin lag.

Einige Tage nach Henrikens Rückkehr von Gransee saß sie allein in ihrem Boudoir. Die Kinder waren draußen unter Laura's Aufsicht, die täglich mißlauniger und darum auch unerträglicher wurde.

Es klopfte an ihre Thür. Ludmilla, aus ihren schweren Gedanken auffahrend rief: „Herein". Laura trat auf die Schwelle, in ihrem Gesichte eine merkliche

Geringschätzung, die sich auch im Tone ihrer Stimme wiedergab.

„Gräfin Goltz wünscht Madame zu sprechen!" sagte sie nachlässig.

Es war ihr bisher nie eingefallen, anders wie „gnädige Frau" zu sagen und sie betonte den Ausdruck „Madame" dergestalt, daß es augenfällig war, die Gräfin hätte sich erlaubt die Meldung so anzuordnen.

Ludmilla erhob sich langsam. Sie nahm keine Besuche an. Es waren ihr bis dahin nie welche gemacht.

„Wer?" fragte sie deshalb gedehnt und legte die Stickerei, die sie in der Hand hielt, auf den Tisch vor sich.

„Gräfin Goltz — Obersthofmeisterin der Prinzessin Amely," referirte Laura, ganz im selben Tone.

„Führe sie herein!" befahl Ludmilla kalt und schritt bis zum Sopha vor, gemessen und artig die Dame in die Mitte des Zimmers erwartend. Ihr flog sogleich die Ahnung durch den Sinn, daß sie in der Gräfin die Zerstörerin ihres zeitlichen Glückes zu erwarten habe. Aber sie fühlte sich gehörig gewaffnet und beschloß den Platz nicht ohne einen würdigen Kampf zu räumen. Der Anmaßung glaubte sie Würde, der Ueberhebung seine Demüthigungen entgegensetzen zu dürfen.

Die Gräfin trat ein. Ihr Blick suchte die Dame

des Hauses an der Thür — das Auge weit aufgerissen
starrte sie indignirt nach dem Sophatische, wo sie von
ihr mit einer leichten Neigung des Kopfes, erwartet
wurde.

Rasch — entrüstet, daß ihrem Range nicht mehr
Ehrfurcht gezollt werde, durcheilte sie das Zimmer und
grüßte Ludmilla kürzer und kälter, als sie sich eigentlich
vorgenommen hatte. Beide Damen sahen sich flüchtig,
aber fest in's Auge — sie wußten sogleich, daß sie sich
geistig ebenbürtig waren.

Ein stolzes Zurückwerfen des Kopfes bezeichnete
dieß Ergebniß der Prüfung bei der Gräfin — ein feines
Lächeln, das eine entschiedene Sicherheit bekundete, bei
Ludmilla. Der erste Angriff war also stumm gemacht.

Es sollte der Gräfin nicht gelingen so leichten Kaufes davon zu kommen, wie sie gedacht hatte.

Mit einer raschen Wendung nahm Ludmilla nach
dieser sonderbar stummen Begrüßung Platz auf dem
Divan und lud mit äußerst gut gelungener Herablassung
durch eine Handbewegung die Gräfin ein, sich auf einem
dabei stehenden Sessel niederzulassen.

Die Gräfin sah sie groß an und legte alle die
Würde in ihr Mienenspiel, die ihr zu Gebote stand.
War dieß Anmaßung von der jungen Dame, die an
eines Prinzen Seite Prinzessin spielen gelernt hatte oder

war es Dummheit? Jedenfalls verdiente diese Unkennt=
niß der Convenienz, da sie an Insolenz streifte, eine
Rüge. Nur fürstliche Personen konnten sich, nach ihrem
Anstandskatechismus, erlauben einen Platz auf dem Di=
van zu behaupten, wenn sie jemand empfingen.

Die Gräfin trat zurück und lehnte sich in's Fenster.

„Es beliebt mir stehen zu bleiben!" sagte sie im
allerschroffsten Tone.

Jetzt sah Ludmilla sie groß und verwundert an
und lächelte boshaft.

„Wie Sie wollen, Frau Gräfin!" sprach sie ruhig
und bestimmt. Sie blieb sitzen.

Entrüstet maß die Obersthofmeisterin sie von Kopf
bis zum Fuß. Ludmilla begegnete diesem Blicke blieb
aber sitzen.

„Wozu unnütze Einleitungen zwischen uns Ma=
dam — ich sehe sie erkennen den Grund meines Besu=
ches!" begann die Gräfin empört und herausfordernd.

„Wenn auch das nicht, Frau Gräfin, so bietet
dennoch Ihr Besuch einigen Stoff zur Furcht? Was ist
die Absicht desselben?" erwiederte Ludmilla sanft und fest.

„Seitdem ich Sie gesehen habe, begreife ich die
Macht Ihres Wesens über die Sinne des Prinzen von
Hollfingen!"

„Sind sie deshalb hergekommen mir das zu sagen!"

unterbrach Ludmilla die erhitzte Dame mit erheucheltem Erstaunen. „Wie gütig von Ihnen!"

„Sie haben es vortrefflich verstanden diese Macht über seine Sinne auszubeuten —" fuhr die Gräfin kalt und schneidend fort.

„Wählen Sie Ihre Worte anders, Frau Gräfin," sprach Ludmilla mit einem Blicke, der die Reinheit ih= res Herzens verrieth. „Wie falsch beurtheilen Sie einen Mann, der viel zu hoch, viel zu erhaben über die Wal= lungen der Sinne steht, als daß Sie ihn der Macht des= selben unterthan glauben könnten!"

Bis in's innerste von diesen Worten getroffen, schwieg die Gräfin und sah ernst vor sich nieder. Sie war keine böse, sondern nur eine herrschsüchtige Frau und sie erkannte sogleich willig den Edelmuth der jungen Dame an, als diese nicht sich, sondern nur den Mann, den sie liebte, von ihren Beschuldigungen zu retten suchte. Einlenkend antwortete sie mit verändertem Tone:

„Es wäre Sünde wollte ich behaupten, daß der Prinz von Hollfingen Ihrer Liebe nicht vollkommen werth wäre."

Ludmilla legte rasch ihre Hände gegen die Brust. O, ihr Herz blutete weit stärker, als sie es wußte und jetzt schlug es krampfhaft aufgeregt so heftig gegen seine Umhüllungen, als wolle es Alles, Alles sprengen im wilden Schmerze.

13 *

„Bitte, Frau Gräfin —" sagte sie abgerissen — „Beeilen Sie sich mir zu sagen mit welchen Absichten Sie hergekommen sind."

„Mit der Absicht Ihnen Alles zu gewähren, was Sie für sich und Ihre Kinder wünschen, wenn Sie die Verbindung mit dem Prinzen auf der Stelle lösen!" —

„Was könnten Sie mir wohl bieten?" sagte Ludmilla unter leisem Kopfschütteln.

„Einen ehrenwerthen Namen für sich und Ihre Kinder — ein hinreichendes Auskommen für sich und für Ihre Kinder — ein Schlößchen, weit von hier, wo Niemand Ihre Vergangenheit kennt, schöner, bequemer und reicher ausgestattet, als dieses Forsthaus, — zum Eigenthum — ich garantire Ihnen mit meinem Ehrenworte, daß es mir möglich, ja — daß es mir leicht werden würde Ihnen diese Lebensvorzüge zu verschaffen, wenn Sie sich sofort verbindlich machen, den Prinzen zu verlassen!"

Ludmilla hatte ergebungsvoll zugehört! Sie nahm das, was sie erleben mußte, als eine Prüfung hin — als eine Vorbereitung zu weit traurigeren Scenen.

Aber ihr Stolz ließ sich nicht mehr bezwingen. Er bäumte sich auf und trieb sie zu einer Entgegnung, die eigentlich zu früh war,

„Herzlichen Dank für Ihr gut gemeintes Anerbie=

ten, meine liebe Gräfin — gewiß — von Herzen sage ich Ihnen Dank! Ihre Bemühung zwingt mich aber Ihnen zu offenbaren, daß, gottlob, meine Kinder keines andern Namen bedürfen als den, welchen zu führen sie berechtigt sind."

Die Gräfin sah sie mitleidig an.

„Wie meinen Sie das? Der Prinz kann Ihnen keinen Namen, keinen Rang, keine Weltstellung verleihen — höchstens könnte das sein Vater durch Fürsprache bewirken! Und Ihren Vatersnamen würden Sie doch gewiß gern mit einem andern vertauschen — schon der Decenz wegen."

Ein flammendes Roth bedeckte Ludmilla's Antlitz.

„Sie haben mich falsch verstanden," sprach sie rascher. „Meine Kinder führen den Namen ihres Vaters!"

Die Gräfin zuckte geringschätzend die Achseln. Sie erstaunte über die Unerfahrenheit der jungen Frau, die sich zu solchen Anmaßungen hinreißen ließ.

„Und nur von den Bestimmungen meines Gemahles kann es ausgehen, wie meine Stellung künftighin sein wird. Ich habe dieß seiner Großmuth anheimgegeben — Alles Andere ist durch Convention bestimmt."

Die Gräfin lächelte wahrhaft erbarmungsvoll.

„Arme Frau! Sie glauben also wirklich Ihre Verheirathung mit dem Prinzen ist rechtsgültig und heilig?"

„Gewiß glaube ich das!" rief Ludmilla mit einem frommen Aufblick zum Himmel.

Die Gräfin setzte sich jetzt auf den Sessel, den Ludmilla ihr geboten und sah ordentlich liebreich in das schöne Gesicht der Frau, die sie getäuscht und betrogen vom Scheine glaubte. Sie nahm sogar ihre Hand und drückte sie leicht.

„Das sind Illusionen, wie sie der Bürger in seiner Romantik so leicht annimmt. Sie meinen eine Trauung habe Gültigkeit vor Gott und den Menschen! Würde sich wohl ein so hochgestellter Mann, wie der Prinz von Hollfingen leichtsinnig zu einer Verbinduug dieser Art verstanden haben, wenn er dadurch gezwungen wäre, die Kinder, die aus seiner Ehe hervorgegangen sind, als Prinzen und Prinzessinen von Hollfingen zu betrachten?"

„Vielleicht ist er dennoch so leichtsinnig gewesen!" meinte Ludmilla ruhig.

„Sie sind nicht zu belehren, scheint mir!"

„Oder Sie, Gräfin, sind nicht zu belehren!"

„Der Prinz würde ja seine ganze Zukunft auf's Spiel setzen! Sie wissen nicht, welche Hoffnungen ihm erblühen können, wenn sich einige Augen eher schließen sollten, als ein Erbprinz geboren wird."

„Ich weiß das und gab ihm deshalb die freie

Macht und Gewalt unsere Ehe zu lösen, wenn er
wollte!"

„Der Zeitpunkt ist günstig, — lösen Sie diese
Verbindung!" rief die Gräfin eifrig.

„Ich bin und bleibe meines Gatten Eigenthum so
lange, wie er es will!" sprach Ludmilla dagegen mit
leuchtenden Augen.

„Es grenzt an Thorheit, wie Sie Ihr Verhältniß
betrachten!"

„Jede Frau ist durch ihren Schwur vor Gottes
Altar verpflichtet, ihre Verhältnisse so zu betrachten,"
erwiederte Ludmilla.

Die Gräfin lachte.

„Sie scheinen sich wirklich für die rechtmäßige Gattin eines Pinzen zu halten?"

„Das bin ich," erklärte Ludmilla.

Die Gräfin blickte sie verdrießlich an. Ihre Geduld
erschöpfte sich leicht.

„Sie dauern mich!" sprach sie mit einem Anfluge
von Spott.

„Leider muß ich mir Ihr Mitleid gefallen lassen,"
entgegnete Ludmilla gedrückt. „Aber ich verdiene, Gott
sei Dank, eher Mitleid, als Tadel!"

„Den Tadel werden Sie ebenfalls auf sich laden,
wenn Sie in Ihren Ansichten verharren," rief die Grä-

fin gereizt. „Wird die Erklärung, daß der Prinz meine junge, schöne Prinzeß liebt, auch keinen Einfluß auf Ihre Entschließungen ausüben?"

„Nein! Wenn mein Gemahl mir sagt, daß seine Liebe zu mir erlöscht ist, daß seine Standespflichten es heischen die Ehe mit mir zu „trennen", dann gehe ich ohne jedweden Anspruch dahin, wohin er mich ver= weiset."

„Wie überspannt Sie lieben! Wäre es Ihrem Stolze denn nicht mehr möglich endlich eine gewisse Herrschaft über diese Romantik des Herzens zu errin= gen? Man wird sicherer für Ihr späteres Glück sorgen, als der Prinz es jemals kann."

„Ich gehe nur, wenn er es von mir verlangt!"

„Sein Glück müßte Sie doch eigentlich bewegen, auf meine Vorschläge einzugehen."

„Sein Glück ruht in seiner Hand. Ich habe es ab= hängig von ihm selbst gemacht."

„Glauben Sie denn nicht, daß der Tag längst ge= kommen ist, wo er einsehen gelernt hat, daß solche Ju= gendleidenschaften Thorheiten sind?"

„O, Frau Gräfin — schon vor zehn Jahren habe ich ihm prophezeiet, daß dieser Tag kommen und mein Herzblut starr machen werde!" sagte Ludmilla leidenschaft= lich bewegt.

„So zögern Sie doch nicht ihm die Strafe für seines Herzens Wankelmuth zu dictiren, indem Sie ihn fliehen!" rief die Gräfin.

„Dazu habe ich kein Recht!"

„Er wird sehr bald Ihre Vernunft bewundern, wenn er auch anfangs ungehalten sein sollte — und Sie? Nun der Glanz des Lebens löscht manche Erin=nerungen, die wir für unvertilgbar hielten."

„Niemals — niemals können die Erinnerungen an ein solches Glück verlöschen, wie mir vom gnaden=reichen Himmel beschieden gewesen ist," flüsterte Lud=milla mit erlöschender Stimme. „Aber es hängt von meinem Gemahle ab, diese schwere Heimsuchung über mich zu verhängen — ich gestattete ihm, um seinem Hoch=sinne nicht nachzustehen, daß er das Band, welches ihn in Fesseln schlug, lösen und mich gehen heißen könne! Unsere Trauzeugen waren auch Zeugen dieses freien, vor Gottes Altar abgelegten Schwures — ihnen ist er die Rechenschaft schuldig — der öffentlichen Erklärung unserer Ehe folgt dann die öffentliche Scheidung durch Gerichtsspruch!"

Weit auf riß die Gräfin ihre Augen. Achtungsvoll wurde ihre Haltung, eine leichte Verlegenheit spannte die Züge ihres Gesichtes, als sie zögernd fragte:

„Wer sind diese Zeugen?"

„Der Kronprinz des Landes, dem mein Oheim dient und zwei, meinem Gemahle verwandte Prinzen!"

„So wären Sie des Prinzen rechtmäßig vermählte Gattin!" stammelte sie.

„Das bin ich —" wiederholte eben so einfach, wie vorhin die junge Dame.

„Wahrheit — ich bitte Sie um meinet- und um Ihretwillen —" fuhr die Gräfin auf. „Es ist nicht möglich — ich bitte Sie! Sie lächeln siegesgewiß — O weh, dann sinkt sein Glücksstern auf ewig!"

Ein göttliches Lächeln verklärte Ludmilla's Antlitz.

„Fürchten Sie nichts! Ich halte, was ich gelobt habe. So wie mein Gemahl mir seines Herzens Wankelmuth gesteht, so wie er mir im Wechsel des Geschickes die Nothwendigkeit darthut, daß er sich ebenbürtig vermählen muß, dann gehe ich! Der Moment scheint gekommen zu sein. Ich hielt Sie für eine Abgeordnete des Regentenhauses, dem er entstammt — da Sie das nicht sind, so muß ich warten auf die Bestimmung dessen, der mir meinen künftigen Platz anzuweisen hat —."

Die Gräfin wendete sich, als wolle sie ihrer Verlegenheit und der drückenden Situation entfliehen. — Ludmilla erhob sich und trat gesenkten Blickes, aber mit hoch gehobenem Kopfe zum Fenster. — Eine bange Stille trat ein! — Und in der Thür stand ein Mann,

der unbeachtet blieb, deſſen Schritte ungehört verhallt
waren.

Der Prinz ſtand regungslos. Schon mehrere Mi=
nuten ſtand er ſo. Schon bei den Worten der Gräfin:
„So wären Sie des Prinzen rechtmäßig vermählte Gat=
tin,“ war er eingetreten. Sein Blick ruhete ſeitdem un=
verwandt auf Ludmilla.

Wie ſie da ſaß, die ſchöne, herrliche Frau — das
blaue Auge glühend in der Begeiſterung ihres Herzens
— die Glorie des geiſtigen Uebergewichtes — den Stolz
der weiblichen Tugend um ihr ganzes Weſen gehüllt.
Sein Herz jauchzte bei dieſem Anblicke — er fühlte die
Größe ſeines Glückes mehr als je! — Es war ſein
Weib, es war die Mutter ſeiner Kinder, die er ſtumm
anbetete in dieſem Augenblicke.

Was jemals in ihm zu einer größern Wärme für
die Prinzeſſin Amely empor geglüht war, das war ſchon
im Erlöſchen begriffen geweſen, ehe er nach Solitude
heimkehrte, allein jetzt brach es gänzlich und ſank in eine
todte Aſche zurück.

Aus dem Vergleiche dieſer zwei Weſen ging die
Liebe zu Ludmilla endlich als ein ewiges und unſterbli=
ches Gefühl hervor. Er weidete ſich noch einige, wenige
Momente an dem Schauſpiele, das ihm ſeine Geliebte
als eine Siegerin, die Gräfin als eine Gedemüthigte

darstellte, dann machte er sich durch ein Geräusch bemerklich und trat hastig ein.

Ludmilla erbleichte und schlang zitternd den Arm um die Lehne ihres Sessels. Sie bedurfte dringend dieser Stütze. Die Gräfin machte vergeblich einige Anstrengungen gleichgültig auszusehen. Sie verneigte sich ceremoniöser, als sie sonst, dem gemüthlichen fürstlichen Herrn gegenüber, zu thun pflegte.

Der Prinz trat ganz unbefangen näher und sagte in jenem spielend chevaleresken Tone, den er liebte: „A — h — Frau Gräfin Goltz — die Ehre erwartete ich nicht! Aber ich benutze Ihr Hiersein. Sie sollen die Erste aus unsern conventionellen Kreisen sein, der ich hiermit meine Gemahlin die Prinzessin Ludmilla von Hollfingen vorstelle. Ueberrascht es Sie, liebe Gräfin?„

„Nein! Ich habe es aus dem Munde Ihrer durchlauchtigen Gemahlin schon selbst erfahren,“ entgegnete die Gräfin im vollsten Amtstone.

„Haben es aber nicht geglaubt!“ meinte der Prinz ironisch. „Entsprach meine Gemahlin den Anforderungen nicht, die Sie an eine Prinzessin zu machen verpflichtet sind? Gefällt sie Ihnen nicht? Wie? Stumm? Wissen Sie gar nichts zu sagen?“

Die Gräfin neigte sich anstandsvoll.

„Nichts weiter Durchlaucht, als daß Ihre durch-

lauchtige Gemahlin groß in ihrem Stolze ist! Beurlau=
ben Sie mich für jetzt — meine Gemüthsverfassung ist
nie mehr zum Wanken gebracht, als eben heute und zwar
durch Ihre Durchlaucht, die Prinzeß von Hollfingen."

„Das hätten Sie sich ersparen können, wenn Sie
Ihre Gebieterin, die Prinzeß Amely von Ihrem Vor=
haben „hieher zu fahren," in Kenntniß gesetzt hätten.
Diese weiß seit dem Tage, wo wir die Königin von
Preußen in Gransee erwarteten, was sie wissen mußte.
Sie aber, beste Gräfin, sind nicht zu kuriren — Sie
wollen immer Ihren Willen haben!" schloß er heiter.

„Heute preise ich diese Untugend," antwortete die
Gräfin, durch seinen heitern Ton sichtlich freier. „Nie
würde mir die Gelegenheit geworden sein die Weiblich=
keit eines Wesens so durchschauen zu können, als hier
in der kurzen Unterredung mit Ihrer Durchlaucht, der
Frau Prinzessin Ludmilla." —

Sie neigte sich — ging rückwärts bis zur Thür
und neigte sich, der Hofetikette gemäß, noch zwei Mal
sehr tief, ehe sie über die Schwelle trat.

Der Prinz geleitete sie. Ludmilla, ihres Schicksales
gerade durch diese offene Präsentation unsicherer, als je,
blieb nach dem stummen Abschiede unbeweglich am Fen=
ster stehen, bis ihr Gatte zurückkam, lachend — fröhlich,
wie ein Knabe, dem unversehens ein Vogel in die Falle

gegangen ift. Er rieb ſich ſchadenfroh die Hände und
ging vergnügt im Zimmer hin und her, augenſcheinlich
nur darauf wartend, daß die Equipage der Gräfin fort-
rollen ſollte.

So wie dieß geſchehen war blieb er ſtehen. Sein
ganzes Weſen veränderte ſich. Ein heiliger Ernſt thronte
auf ſeiner Stirn und der Ausdruck ſeiner Stimme war
feierlich.

„Ludmilla — ich ſoll Dir alſo den Platz anweiſen,
den Du, von jetzt an, einzunehmen entſchloſſen biſt!
Weißt Du wirklich nicht, wo der Platz iſt, den Dir Deine
Liebe errungen, den Dir meine Leidenſchaft bewilligt
hat, der, geheiligt durch unſere Zärtlichkeit, Dir gebührt?“

Ludmilla hob verwirrt das Auge zu ihm auf, aber
ſie regte ſich nicht. Bleich wie eine Geſtorbene, aber auch
in der göttlichen Friedlichkeit, wie eine Todte, lehnte ſie
unverändert am Seſſel. Ueberirdiſch ſchön in der Ruhe
und Unbeweglichkeit, womit ſie ihrem Schickſale entge-
genſah, blickte ſie träumeriſch den geliebten Mann an,
ſo daß ſein Herz vor Bangigkeit zu erzittern begann.
Hatte ſeine kurze Abtrünnigkeit ihre Liebe getödtet?
Verſtand ſie die Sprache ſeines Herzens nicht mehr?

Auch er blieb ſtehen, wie gebannt von einem Zauber. Aber ſein ſtarkes, feſtes Organ erhielt eine andere
Färbung, als er fortfuhr:

„Hier, Ludmilla — hier an meiner Brust ist Deine Heimath — hier in meinen Armen ist die Stätte, wo Du zu weilen ein Recht hast. Die Fesseln der Liebe sind weit stärker, als man glaubt. Ich würde sterben, meine Geliebte, wenn ich Dich aufgeben müßte!"

Ohnmächtig vor Wonne hing die schöne, bleiche Frau nun in seinen Armen und ruhete an seiner Brust. Die Gluth seines Kusses erweckte und belebte sie wieder.

O, welch' ein Erwachen nach so schwerem Traume! Welchen Werth hatte diese Erklärung auf den Lippen des gereiften Mannes! Wenn ein Jüngling im ersten Rausche seiner Zärtlichkeit also schwört, so sind es eben nichts als unhaltbare Worte der Leidenschaft, aber wenn der Mann nach zehnjähriger Ehe die Fesseln der Liebe fühlt und sie mit Jünglingswärme anerkennt, dann leisten die Grundelemente seiner Liebe Gewähr für jede Versuchung.

Der Prinz hatte einen Kampf bestanden, das gab er Ludmilla, in dem ernsten Gespräche, welches sich nun entwickelte, zu. Die Lieblichkeit der ihm bestimmten Braut hatte eine leichte Zärtlichkeit in ihm erweckt, die durch ihre unverkennbare Zuneigung zu ihm einen Zündstoff erhielt. Der fürstliche Reichthum der Prinzessin fiel mit in die Wagschale und der Zauber der mythologischen Gaukelspiele, die er jetzt „knabenhaften Kurzweil" nannte, that das seinige. Genug er hatte einen Kampf bestanden, der schließlich sein ganzes Geschick regelte.

„Meine Erklärung kam Niemandem unerwartet,"
sprach er heiter in Ludmilla's Auge schauend. „Man
wußte, was man von mir zu halten hatte, als ich meine
Anträge wegen der Appanage aufstellte. Für mich, für
Dich und für die Kinder ist ausreichend gesorgt. Aber
nicht ein Jota von Landesbesitz haben sie mir bewilligt
— sogar die freie Benutzung von Solitude ist mir ver=
sagt worden. Wir sind gezwungen unsere ländliche Ein=
samkeit zu verlassen und wir werden jetzt vor den Augen
der Welt leben, wie es sich für uns gebührt. Mit unserm
Tode hört die glänzende Appanage auf — hoffentlich
findet sich in unsern Knaben so viel bürgerlicher Stolz
und Ehrgeiz, daß sie ihre künftige Lebensstellung sich
selbst erringen werden. Wohin ich mit Dir und den
Kindern gehe, bleibt für jetzt noch mein Geheimniß —
Du wirst aber dort, wie hier, in stiller Glückseligkeit den
Deinen leben können. Nun komm' zu unsern Kindern
— ich sehne mich unbeschreiblich nach ihrem Willkom=
men! Es sind doch Fesseln der Liebe und nicht Fesseln
der Pflicht, die mich mit Euch Allen so süß verketten!"

In den Freudenthränen, womit Ludmilla sich an
ihn schmiegte, lag ihr Dank. Worte fand sie nicht
dafür.

Zehntes Capitel.

Erkenntniß.

Seitdem die Executionsmannschaften ganz ohne Sang und Klang die Mühle geräumt hatten war wieder Ruhe dort eingekehrt. Der Zwang, welcher das Geschäft bis zur Unthätigkeit hinabgedrückt hatte, lösete sich nach der Beseitigung der ungerechten Maßregel und die Arbeit begann wieder ihren regelmäßigen Verlauf.

Einige Tage reichten hin Alles in's alte Geleise zurückzuführen, aber, einmal aufgescheucht aus ihrer vieljährigen Sicherheit, wünschten die beiden Frauen in der Mühle doch nichts sehnlicher, als die Rückkehr Jan's um über die Zukunft berathen zu können.

Henrike theilte der Frau Smuhlen die Aeußerung des Prinzen von Hollfingen mit, daß er mit Jan eine Zusammenkunft in Hamburg verabredet habe und seitdem ergingen sie sich Beide in allerlei Plänen, eine Reise dorthin zu unternehmen um ihn aufzusuchen.

Sehnsüchtiger, als sonst, gedachten Beide der Heimath; unruhiger, als sonst, blickten sie, von der Gallerie aus, den Strom hinab, der sich schon oft in herbstliche Nebel hüllte. Vereinsamt durch Jan's Abwesenheit kam ihnen Alles das trostlos öde vor, was ihnen noch vor Kurzem ein stolzes Gefühl eingeflößt hatte. Es war gar nicht abzuläugnen, daß das Besitzthum an Werth in ihren Augen verloren hatte, seitdem sie den Druck einer Obergewalt gefühlt.

Die Regentenansichten der Königin von Preußen hatten in Henrike ein unbehagliches Gefühl erzeugt. Die Abhängigkeit von königlichen Launen erweckte ihren trotzigen Gerechtigkeitssinn. Die Huld, womit die schöne Königin den schmeichelhaften Enthusiasmus aufgenommen und der Ernst, der bis zur Kälte stieg, als sie eine Auflehnung in der Handlung eines Unterthanen fand, wurden von dem jungen Mädchen verglichen und sie machte ohne Schwierigkeit einen Schluß auf königliche Huldbezeugungen, der nicht eben schmeichelhaft für die Beherrscher der Throne war.

„Ja,“ sagte sie sehr weise zur Mutter Swuytken, „wenn ein König frei von Eitelkeit, frei von Vorurtheil und frei von Hoffarth bleiben könnt', dann wär's schon was Großes um solch' 'nen König — aber 's sind Menschen, mit Schwächen, die schwer belehrt und schwer

bekehrt werden, wenn's ihr Vortheil ist. Hatt' ich 'ne
Freud' an dem Engelslächeln der Königin und als sie
hört, 's wollt Einer der Unterthanen nicht pariren, da
löscht's Licht der Freundlichkeit aus.^{...} Unser Jan säß'
heut' im Loch', wenn's nach ihr ging! bloß weil sie ihn
zum Soldaten haben wollt'."

„Gottlob, daß der Prinz kam, sonst läg' die Execu=
tion heut' noch hier! Wie mag er's angefangen haben?"

„Durch den Rittmeister von Bollk — versteht
sich!" sagte Henrike, horchte jedoch zerstreut auf ein Ge=
räusch, das sich dem Hofe und dann dem Hause näherte.
Es raschelte im Weidengebüsch — gleichzeitig schlüpfte
eine schlanke Gestalt in weiten Schritten am Hause hin.
Mutter Swuyken sah die Gestalt — Henrike sah die
Gestalt — dann noch eine kurze Secunde und vor Beiden
stand, wie ein Geist, Jan Swuyken und faßte mit der
einen Hand seine Mutter, mit der andern Hand Henriken.

„Da bin ich!" sprach er gedämpft — „aber es
ist doch die Luft rein! Alles fort! Keine Husarenjack'
mehr im Hauf'?" — Henrike, stumm vor Entzücken,
schüttelte mit dem Kopfe.

„Wo kommst her, mein Jung', mein lieber Jung',"
rief Frau Swuyken lachend, faßte den jungen Mann bei
den Schultern und drückte ihm einen schallenden Kuß
auf den Mund.

14*

„Wo ich herkomm'?" fragte Jan, deſſen Blick mit
unverhehlter Zärtlichkeit an Henrike hing. „Direkt von
Solitud'. Bin ich doch Fährmann geweſen beim Prinzen
und hab' ihn damals mit entführen helfen! Nun — ſo
mußt ich ihn doch auch ganzbeinig wieder abliefern in
meiner Möv' — nicht Henrike?" warf er ein, ſchelmiſch
des Mädchens Taille umfaßend. „Haſt 'nen Verehrer
an ihm gewonnen, freut's Dich?"

„O ja! In dem iſt ächt menſchlich Weſen. Zuerſt
ſchimpft' er mich „unbeſcheiden", als er aber begriff,
was ich wollt', da half er! Iſt er heim zu ſeiner Frau
und den Kindern?"

„Ja wohl! Kannſt ankommen bei den Kindern!
Die Laura jagt er zum Teufel, ſo wie er eine Andere
findet. Denkt nur — hält da die Karoſſe der Goltz am
Elbufer, als wir eben landeten. Ich ſagt' ihm gleich, das
wär' der Laura Werk!"

„Was geht's uns an!" ſprach Henrike. „Willſt
Dein' Jungens nicht ſeh'n?"

„Wo ſind ſie? Haſt ſie ja mitgehabt — Gransee
—" fügte er neckiſch hinzu.

„Ich mocht' mich nicht trennen," erwiederte ſie
kurz abweiſend und ſchritt in die Kammer. „Komm —
ſie ſchlafen!"

Der junge Vater zeigte eine kurze, zerſtreute Zärt=

lichkeit, als er sich über die dicken, hübschen Knaben bog.
Rasch hob er den Blick wieder und flüsterte:

„Wirst Dich aber doch bald trennen müssen — ich
hab' mir 'ne Frau gesucht."

„Was schad't das? Die Jungens laß ich mir
nicht nehmen. Dein' Frau kriegt' allein Kinder und
dann steh'n diese im Weg'."

„So? Meinst?" schäkerte Jan. Das stille Glühen
seines Auges sprach deutlicher, als diese Fragen und
jagte Henriken in's Wohnzimmer zurück, wo die Mut=
ter Smutken schon Anstalten zu einem tüchtigen Vesper=
brote traf.

„Bist nicht 'mal neugierig wie mein' Frau heißt?"
neckte Jan Henriken weiter.

Frau Smutken ließ vor Schrecken das große Brot
fallen.

„Willst heirathen?" stammelte sie, sich auf ihren
Stuhl niederlassend.

„Ja, Mutter Smutken!" antwortete ihr Sohn
laut und vernehmbar.

Henrike schlug verstohlen ihr Auge zu ihm auf und
betrachtete ihn mit überwallender Zärtlichkeit. Sie
kannte ihn besser, als seine Mutter ihn kannte und sie
wußte, was nun folgen werde. Ihre Erwartungen wur=
den jedoch weit überflügelt.

„Wen willſt heirathen?“ forſchte die Frau mit zagendem Herzen.

„Rath’ mal! Rath’ aber weit hinauf, Mutter, denn ich kann keine Gewöhnliche brauchen, da ich mit der Durchlaucht ein Compagniegeſchäft errichtet hab’ und alſo durchaus Eine haben muß, die mit Fürſten, Königen, Grafen und Freiherrn umgehen kann. Nun alſo — rath’ hoch hinauf, ſonſt räth’ſt’s nicht!“

Frau Swuyken richtete ihre Blicke ernſthaft und prüfend auf ihn während er ſprach, dann ſagte ſie ganz ruhig:

„Biſt überſchnappt! Schad’ um den hübſchen Jung’ — ſchad’ um Deinen Verſtand! Meinſt nicht, Henrik’?“

„Ja wohl,“ ſagte dieſe gemüthlich, heftete aber mit heimlichem Wohlgefallen ihr Auge feſt auf den jun= gen Mann, der ſie augenſcheinlich zum Gegenſtande ſei= ner Schelmerei machte.

„Glaubt’s wohl nicht, was ich ſag’?“ rief Jan. „Hört nur weiter. Apropos — mein Geld iſt doch ge= rettet? Sonſt wird’s nichts mit der Durchlaucht!“

„Nur weiter! Das Geld iſt da. Henrike hat’s ver= ſteckt! Sie will mir’s aber auch jetzt noch nicht ſagen, wohin ſie’s gethan,“ referirte Frau Swuyken.

„Das iſt klug von der Henrik’! Wenn Du’s wüßt’ſt, ſetzteſt Dich d’rauf und ſomit fänd’s jedermann.

Ich brauch's aber und werd's schon morgen nach Ham=
burg schaffen um des alten Oldrok's Gehöft zu bezah=
len. Du kennst's wohl Henrike?"

„Wer sollt' wohl Oldrok's Garten und sein Gar=
tenschloß nicht kennen! Bezahlen willst's? Na, das sind
Schnurren! Oldrok verkauft nimmermehr sein Gehöft und
wenn's auch Deine Durchlaucht wär', die's kaufen
wollt'."

„So meinst? Schnurrig — ich hab's aber gekauft
und ich bezahl's ihm morgen!"

Frau Smuhken legte unterdessen Butter auf's
Brot und schnitt Wurst in Scheiben.

„Was Lügen — was Lügen!" rief sie dazwischen.
„Oldrok sollt' sein Paradies verkaufen? Was Schnurren
— was Lügen!"

„'S hat mancher schon sein Paradies verkauft —
der Adam sein's um einen Apfel," entgegnete Jan, nach
der Butterschnitte greifend, die ihm seine Mutter hin=
hielt. „Der Oldrok hat sich fertig gewirthschaftet —
nun will er's über's Meer versuchen. Ich hört's sagen,
daß er seine Villa losschlagen wollt', und als ich neulich
mit dem Prinzen nach Schrike segelte, da macht' sich's,
daß ich ihm den Kauf vorschlug. Ich kauf's und er wohnt
mit seiner Familie b'rinn. Er hat's nun festgemacht,
daß er nimmer 'ne Andere heirathen könnt', als seine

Frau und sie wird nun als Frau Prinzeß von Hollsin= gen in der Welt erscheinen.

„Das freut' mich!" rief Henrike.

Frau Smutzken interessirte sich weniger dafür.

„Reicht' Dein Geld?" fragte sie.

„Es reicht, wenn ich hier die Mühl' und dort d'rü= ben die Bude verkauf'.

Beide Frauen fuhren erschrocken in die Höhe.

„Um Gott'swillen — wo soll'n wir denn hin?" schrie seine Mutter.

„In Oldrok's Villa," antwortete Jan kaltblütig. „Es hat doch zwei Häuser. Das Kleinere an der Straß' beziehen wir —"

„Das prächtige Haus mit dem Eisengitter und dem Balkon?" fiel Henrike lachend ein.

„Nun? Was lachst?" fragte Jan.

„Weil Ihr da hineinpassen würb't, wie hinein ge= boren!"

„Eben b'rum habe ich mir 'ne Frau ausgesucht, die's gerne lernen kann, wie man mit Königinnen spricht! Hinten in's Gartenschloß zieht die Prinzenfamilie, Durchlaucht ist ganz glücklich, daß sich das so gemacht hat. Die Villa mit den chinesischen Thürmchen und Wimpeln sieht g'rad aus, als wäre sie für einen Prin= zen gebaut. Meinst nicht, Henrike?"

Das junge Mädchen stand in Gedanken verloren da und blieb ihm die Antwort schuldig.

„Na nu!" scherzte Jan. „Bist ja so ernsthaft wie ein Lootse, der Sturmwolken sieht? Was hast denn?"

„Ich hab' mein' Betrachtung darüber ob sich die Durchlaucht wohl um Jan Swuylen gesorgt hätt' wenn er ihn nicht gebraucht'? Ich merk' doch wieder, daß ich recht hab', wenn ich denk', was oben steht bückt sich nur nach unten, wenn's sein muß."

„Und die unten stehen, sehen nur nach oben, wenn's ihr Vortheil ist, Henrike," rief Jan eifrig. „Das ist gegenseitige Klugheit und seit Menschengedenken so gewesen. Wir Beide werden das nicht ändern."

„Mag gerne sein! In der Lehr' von Moral und Tugend steht's aber nicht."

„Unsere Weltweisheit geht entweder auf Stelzen oder sie hinkt" — sagte neulich der Prinz zu dem Herrn, den wir nach Rothensee mitnahmen und da antwortete dieser. „Ja, weil jeder Mensch sein eigen Schuhwerk schonen will!"

„Der Herr hat recht!" unterbrach ihn Henrike vergnügt aufblickend. „Wer war das?"

„Sie nannten ihn Scharnhorst und Herr Oberst! Zu dem würdest Du gut passen. Ihr drehtet-„um Recht und Billigkeit" beide die ganze Welt um."

„Solch' Leut' muß es auch geben, Jan. Glaub's — sie finden immer ihren Platz in der Welt, wo sie's brauchen können!"

„Möglich! der Herr Oberst verstand's beinah so gut, wie Du, Moral zu lesen!"

„Schad', daß Du nichts von ihm gelernt hast!"

„Reichlich genug!" rief Jan komisch in seine Haare fahrend. „Und als der Herr Oberst einmal sagt', „Wer in der Kraft der Leidenschaft sein Schicksal heraufbeschworen hat, der muß es mit der Kraft des Mannes tragen" — da dacht' ich, „g'rad wie Henrike immer spricht, wenn sie behauptet, daß ich Laura heirathen müßt', weil ich sie 'mal gern gehabt habe!" schloß er lachend.

„Geh' mir nur mit der Laura —" schaltete Frau Swutjken ein. „Heirath', wenn Du willst und wenn's ein adelig Göhr *) ist, nur die Laura nicht."

„Ja so — Ihr solltet ja rathen, wen ich mir zur Frau gewählt!" rief der Sohn.

„Sag's! Rathen kann und mag ich nicht!" entgegnete seine Mutter, halb ärgerlich und halb lachend. „Was Besonderes wird's schon sein, so viel ich merk'!"

„Nun Henrike? Willst auch nicht rathen?" neckte Jan, als sich das junge Mädchen zurückzuziehen strebte.

_____
*) Mädchen.

„Kurios von Euch beiden — es wär' doch leicht genug zu rathen."

Mutter Smupken horchte hoch auf. Ihr Gesicht verklärte sich in den hoffnungsreichen Gedanken, der jetzt durch ihre Seele flog.

„Warum hast Du denn eigentlich noch nicht gehei= rathet, Henrike?" fragte er ihr den Weg nach der Kam= mer vertretend, wo sie hinein schlüpfen wollte. „Du bist doch reichlich alt dazu?"

„Ja wohl! G'rab ein und zwanzig seit Weihnacht!" antwortete sie alle Keckheit zusammenraffend, die ihr zu Gebote stand. „Ich wollt' aber keinen Hans Wind ha= ben, darum ließ ich's Heirathen und werd's auch ferner lassen."

„O, weh, Mutter Smupken!" rief Jan in komi= scher Verzweiflung zurückspringend um in der Stube hin und her zu rennen. „Mit der Frau ist's also nichts! Ich bleibe Wittmann und mauere mich in meine Mühle ein!"

„Bist wohl närrisch, mein Jung! Was hast denn?" lachte Frau Smupken.

„Unglücklich bin ich! Zum Erbarmen unglücklich!" Er deutete übermüthig auf Henrike, die hochroth im Ge= sichte dastand und nicht wußte, ob sie lachen oder weinen sollte.

„Sie nimmt keinen Hans Wind! Sie hat's ver=
schworen den Hans Wind zu heirathen!"

„Willst' denn Henriken heirathen?" fragte seine
Mutter mit zitternder Ungebuld. „O, Henrik' — be=
sinnst Dich n o ch?" fügte sie verwurfsvoll hinzu.

Henrike schlug hell, groß und freudig ihre prächti=
gen Augen auf und sah Jan's Mutter an. Es drängte
sie der guten Frau ihr ganzes Herz zu öffnen und ihr
zu gestehen, daß sie schon lange — lange schon seit dem
ersten Blick auf ihn, den jungen Mann geliebt hätte,
aber das schüchterne Mädchenherz wagte sich nicht her=
vor. Zwei Mal öffnete sie die Lippen ohne im Stande
zu sein auch nur ein einziges Wort heraus zu stammeln.

„O, Henrike — bat nochmals die Frau und streckte
ihr die Hand hin. „Wag's nur! Du läufst keine Ge=
fahr 'nem anderen Bild' in seinem Herzen zu begegnen!"

„Bemüh' Dich nicht, Mutter — das weiß sie
längst!" sprach der junge Mann, sich an der reizenden
Verschämtheit Henrikens weidend. „Sie weiß, daß ich
sie lieb hab', wie mein Leben und sie hat mich vertrö=
stet auf mein Wiederkommen, als sie damals spät in
der Nacht übergefahren war, mich zu warnen —"

„O, Jan — Jan —" bat das Mädchen.
Frau Swuyken schlug freudig die Hände zusammen.

„Also Ihr seid einig — Ihr Schelme! Ach ich blinde Mutter, daß ich noch bett'le um ihr Jawort —"

„Das hat sie mir auch noch nicht gegeben," eiferte der junge Mann. „Wenn ich's nun heut' nicht bekomme, so fahr' ich morgen nach Hamburg, setz' mich allein in mein hübsch' neu' Haus mit den Eisengittern und dem Balkon —"

„Ist's denn Dein Ernst mit Oldrok's Haus und Garten?" unterbrach ihn seine Mutter.

„Gewiß! Der Kauffontrakt ist gemacht — der Miethskontrakt mit dem Prinzen ist gemacht — nun fehlt bloß die Hochzeit mit Henrike noch."

„Und wir soll'n mitziehen?" examinirte seine Mutter, offenbar geschmeichelt von dem Gedanken in dieser schönen Besitzung als Eigenthümerin zu hausen.

„Versteht sich, aber nur wenn Henrike mein' Frau wird!"

Er streckte ihr die Hand entgegen, die sie schnell ergriff und mit holdseliger Verwirrung festhielt.

„Wird Dir's nicht leid werden?" fragte unterdessen seine Mutter weiter.

„Wie kann's das, da ich einen glücklichen Kauf gemacht habe."

„Und die Mühl'? Und Deine Bube?"

„Sind schon untergebracht!"

Frau Smuhken sah traurig und nachdenklich vor sich
hin. Die Veränderung war ihr zu gewaltsam — die Um=
wälzung aller Verhältnisse kam ihr zu rasch. Jan fuhr fort:

„Wenn Krieg kommt, und er kommt unter allen
Umständen eben so unerwartet über uns, wie über die
Oest'reicher, das sagen sie Alle — wenn also Krieg
ausbricht, so liegen wir hier unsicherer, als irgendwo.
Hüben und drüben wird man uns benützen — nichts
schützt uns —"

„Ja freilich — nicht 'mal in Friedenszeiten unser
Recht," murmelte die Frau.

„Wozu warten bis die Noth uns zwingt diese Ge=
gend zu verlassen! Hab' ich recht, Henrike?" fragte er
zärtlich in ihr Gesicht blickend. Er zog sie an der Hand,
die sie noch immer hielt, näher.

„Aber — werden wir passen zum prächtigen Hauf'?"
wendete sie schüchtern ein.

„Warum nicht? Damit Du siehst, daß ich vom
„Moral lesen" des Obersten Scharnhorst Vortheil ge=
habt, antwort' ich Dir in seinem Sinn: „Wer für den
Reichthum geboren ist, den erzieht auch das Schicksal
dazu." Uebrigens spielen wir nicht die Müssiggänger,
sondern mein Bretterhandel wird fortgesetzt. Wir kön=
nen also in Frieb' und Freud' leben — nur muß Hen=
rike mein' Frau werden!"

Das junge Mädchen widerstand dem liebestrahlen=
den Blicke, der um Antwort bat, nicht länger. Sie
schmiegte sich an ihn und preßte, unaufgefordert, fest
und warm ihre Lippen auf seinen Mund. Das war das
höchste Zeichen der Liebe, das sie ihm geben konnte. In
ihrer Heimath ließen die Mädchen sich wohl küßen, aber
sie selber boten diesen Liebesbeweis selten dar. Jan
wußte das, deshalb strahlte sein Blick im Glanze der
Begeisterung, und sein Ton klang feierlich, wie zum
Schwure, als er, sie mit zärtlichem Wohlgefallen be=
trachtend, ausrief:

„Nun mag's kommen, wie Gott will! Ich hab'
nun Dein Wort — Du hast meine Lieb' und Treue auf
ewig! Sprich Deinen Segen dazu, mein' Mutter.“

Und wie in Solitude mitten im Rausche der Liebe,
das erhebende Vatergefühl den Prinzen zu der Auffor=
derung trieb: „Komm zu den Kindern!“ so erhob auch
hier die höchste Zärtlichkeit das beste Herz Henrikens zu
dem Ausrufe:

„O — Jan — komm zu den Kindern — zu un=
seren Kindern! Hör' nur — sie rufen nach mir!“

Eilftes Capitel.

In Kerkenhagen.

Dem armen Jan Swußten wurde nicht viel Zeit gelaſſen ſich ſeinen Familienfreuden hinzugeben. Kaum verlautete die Nachricht ſeiner Zurückkunft, ſo füllte ſich der Hofraum mit den Arbeitern aus dem Mühlwerk und ein Hurrah verdrängte das andere. Fragen und Erzäh= lungen wechſelten in raſcher Folge und auf dieſe Weiſe war Jan Swußten ſehr bald in alles eingeweiht, was während ſeiner Abweſenheit geſchehen war.

Als ſich der Tumult gelegt und jeder ſeine Arbeit wieder aufgeſucht hatte, blieb der Werkmeiſter zurück und ſagte mit treuherziger Verlegenheit:

„Sagt' mal Meiſter Swußten, was habt Ihr denn nur mit dem Erbmarſchall da drüben in Wendemark ge= habt? Ihr ſeht mich ſo verwundert an, als wüßtet Ihr von gar nichts — nun, dann begreife ich nicht, was das zu bedeuten hat. Denkt nur, ſeit acht bis zehn Tagen ſchickte Fräulein Lucilie von Wendemark täglich herüber und ließ nachfragen, ob Ihr denn noch nicht da ſeid.

Heute nun vor einer Stunde ist der Freiherr, in Betten verpackt, ganz langsam, als würde er zu Grabe gefahren, vorüber gekommen. Er ließ den Wagen halten, steckte sein schneebleiches Gesicht zum Wagenfenster heraus und fragte mich ebenfalls nach Euch. Also Ihr wißt nicht, weswegen man Euch durchaus sprechen wollte?"

„Gott behüte! Ich kenne den Freiherrn kaum!" rief Jan erstaunt. „Ich kenne nur seine Töchter von früher her, wo sie mit ihrer gnädigen Großmama, einer unausstehlichen alten Dame, öfters den alten Herrn von Kerkenhagen besuchten, der ein Bruder ihrer Großmama war. Hast Du denn nicht gefragt, alter Heinrich, was man von mir will?"

Der Werkmeister nahm, gewohntermaßen, seine Kappe ab, rieb sich die Stirnhaare kraus durch einander und sagte geheimnißvoll flüsternd: „Eigentlich bin ich nicht recht dahinter gekommen! Der Freiherr soll neulich verreist gewesen sein — er hat ja auf dem Heimweg Mamsell Henriken mit unsern Jungen noch ein Stück Weges mitgenommen — als sein Jäger zu Haus den Wagenschlag öffnet, liegt der arme Herr, von seinem alten Uebel, das sie Nervenleiden nennen, befallen starr und steif im Wagen. Von da an hat er mehrere Tage nichts anderes hervorgestoßen — er kann nämlich nicht sprechen, wenn's eintritt bei ihm — als die Worte:

„Ruhig — Lucilie — Jan Swuyken — Jan Swuy=
ken!"

„Und da hat natürlich Fräulein Lucilie geglaubt,
er wolle mich sprechen?" warf Jan ungedulbig ein, denn
er sah Henrike aus der Thür lauschen und sein Herz
brannte vor Verlangen das Mädchen zu umarmen, das
plötzlich so süß lächelte und so zärtlich blickte.

„Nein — hört nur! dahinter steckt etwas Großes!
Kaum daß der Herr von Wendemark vorgestern ein klein
wenig besser geworden war, schickte er seinen Jäger nach
Potsbam zum Major. Fräulein Lucilie mußte schreiben,
was er dictirte und das soll ungefähr so gelautet haben:
„Er würde gern nach Potsdam kommen um ihm genug
zu thun, aber das Leiden seines Körpers sei zu groß.
Nach Kerkenhagen wolle er aber sich schleppen lassen und
wenn's sein Tob sei. Er bäte flehentlich, daß der Major
mit verzeihendem Herzen käme — der Fluch sei vernich=
tet — das Glück kehre ein und er preise Gott täglich,
daß er das noch erlebt habe."

Der Werkmeister erwartete ganz sicher etwas ganz
anderes, wie das laute Gelächter, worin Jan Swuyken
ausbrach. Ihm war der Ausbruck: „der Fluch sei ver=
nichtet," so gespensterhaft vorgekommen, daß er kaum
hatte die Zeit erwarten können um Jan davon zu unter=
richten und nun — lachte der junge Meister.

„Wenn's weiter nichts ist, alter Heinrich," ant=
wortete er, „so hat's nichts auf sich. Ich kenne solche
Redensarten — das ist ablig! Wir Bürger halten uns
mit „Fluch und Genugthuung" nicht auf. Darum will
ich mir keine grauen Haare wachsen lassen!" Er wollte
fort, weil Henrike nun in der Thür stand und mit ihren
blauen Augen lockte, trotz der besten Lorelei. Da sügt
der alte Heinrich noch eilig hinzu:

„Er hat aber auch nach dem alten Förster auf
Solitude geschickt, Meister Swuyken und hat ihn in
seiner eignen großen Kutsche holen lassen." Jan stutzte.

Henrike aber trat von der Schwelle herunter und
fragte: „wer hat nach dem alten Förster geschickt?"

„Der Freiherr von Wendemark!" sprach Jan ha=
stig. „Was geht's uns aber an, mein Liebchen."

Henrike faßte den Zusammenhang sogleich.

„Ach gewiß weil ich ihm neulich erzählt hab', daß
Du und der alt' Förster gesehen hättet, wie der Reiter
im Sumpf versunken! Denk' — es ist sein Bruder Norr=
mann gewesen und die Familie hatt' bis dahin nicht ge=
wußt, wo dieser Bruder geblieben war."

„Ja — nun geht mir ein Licht auf!" rief Jan
überrascht und der Werkmeister nahm sehr wichtig seine
Kappe ab und rieb die grauen Haare bis sie steif zu
Berge standen.

15*

„Herr Gott — aber der Major oder wer sonst der andere Reiter war, wird's doch gesagt haben?" fragte Jan befremdet.

„Habe ich nun nicht recht —" rief der Werkmeister. „Es steckt etwas Großes dahinter!" Er erzählte dem jungen Mädchen, was er eben schon seinem Herrn erzählt hatte.

„Um Gott'swillen, da hab' ich ja Schuld, daß der gnäd'ge Herr krank und elend geworden ist!" rief Henrike erschrocken. „Ach, wie mir das leid thut!"

„Laß gut sein, Liebchen!" entgegnete Jan. „Bisweilen kommt nach Leid — Freud."

Er schlang den Arm um ihre Taille und ging in's Haus.

Der Werkmeister faltete vergnügt die Hände, sah ihnen nach und dachte: „Jetzt gibt's bald Hochzeit."

Während Jan Smuyken, vom eigenen Glücke wie berauscht, das Wohlsein anderer der Obhut des Höchsten überantwortete, bereitete sich im Schlosse von Kerkenhagen eine ergreifende Scene vor.

Seit jenem Tage, der seinen Hoffnungen einen argen Stoß gab, lebte Heribert in steter Furcht etwas erfahren zu müssen, was ihm tödtliches Leid bereiten könne. Ein Schatten war über ihn geworfen, der vollkommen geeignet schien in ewige Finsterniß überzugehen.

Nicht eine Minute verließen ihn die Gedanken an diese Möglichkeit und wenn er bisweilen, vom Strahle neuer Hoffnung getroffen, aus seinen Grübeleien emporfuhr, so vertiefte er sich, gleichsam zur Strafe, noch mehr darin. Seine erzwungene Ruhe täuschte selbst die Dienst= boten nicht und wenn es diese auch nur bei mitleidigen Blicken bewenden ließen, so nahmen sich doch die Höher= gestellten oftmals die Freiheit, ihn mit Fragen zu be= stürmen, die ihm lästig wurden. Es war bald in der ganzen Umgegend kein Geheimniß mehr, daß der Guts= herr von Kerkenhagen Fräulein Lucilie von Wendemark liebe, daß aber seiner Verheirathung mit ihr von beiden Vätern Hindernisse in den Weg gelegt würden.

Natürlich schärfte sich die Aufmerksamkeit des Schloßpersonales auf Alles, was darauf Bezug haben konnte und so kam es denn, daß ein Reitknecht, der seine Pferde im Strome geschwemmt hatte, in wilder Aufre= gung in den Schloßhof zurückgesprengt kam um zu ver= künden: „Jetzt eben fahre der Herr Major den Deichwall entlang und werde in wenigen Minuten ankommen!"

Verwundert hörte Heribert diese Meldung. Er hielt es für einen Irrthum. Sein Vater? Es war rein unmöglich, denn nach einem Briefe seines Bruders er= wartete man denselben vor dem Winter nicht von der Reise zurück.

Gespannt hingen des jungen Mannes Blicke am
Wege, den er von einem Fenster bis zum Sumpfe über=
blicken konnte. Richtig! da lenkte eine Postchaise um die
Rabenecke — lustig schmetterte der Postillon ein Signal
in die Luft und fuhr gestreckten Trabes um den Sumpf
herum. Schon wollte Heribert, verwirrt von freudigen
Gefühlen das Fenster verlassen und zum Empfange be=
reit, in's Portal hinabeilen, als noch ein Wagen um
die Rabenecke bog und langsam — o so langsam und
Schritt für Schritt, als sei es eine letzte Erdenfahrt, als
würde ein Seligentschlafener zur ewigen Ruhe geleitet,
denselben Weg einschlug, wie der jagende Postzug.

Heribert starrte ahnungsschwer darauf hin. Er
hätte die schwarze Karosse, die sich daher schaukelte, mit
seinen Blicken durchbohren mögen um nur zu erspähen,
was sich darin verberge.

Der Klang des Posthornes weckte ihn aus seiner
Betrachtung. Der erste Wagen war inzwischen näher
gekommen — kaum noch zehn Minuten und er fuhr
donnernd durch den hochgewölbten Thorweg der alten
Burg ein.

Der Major sprang heraus! Ein flüchtiger Gruß
— ein väterlicher Kuß auf des Sohnes Lippen und sein
Auge schweifte fragend, unstet, fast wild, umher.

„Wo ist er?" fragte er seinen Sohn, der ihn ern=

ster, als sonst empfing und ihn feierlich in das Familien=
zimmer führte.

„Wer, mein Vater?" entgegnete Heribert.

„Weißt Du nicht, daß der Freiherr mich hier er=
warten will?"

„Der Freiherr? Unmöglich! Er betritt meine
Schwelle nur unter einer Bedingung —"

„Und die ist?"

„Schweigen wir davon, lieber Vater," fügte der
Sohn mit sanftem, ernstem Tone hinzu.

Der Major warf seine Reisekleidung ab. Wie er
dieß that, darin offenbarte sich eine entsetzliche Aufregung
eine wilde Rücksichtslosigkeit, die seinen Jahren durchaus
nicht passend war. Man mußte erkennen, und wenn man
auch gar nichts von dem wußte, was schwebend über
seinem Haupte hing, daß in ihm etwas wogte, daß in
ihm etwas siedete und zum überfließen reif geworden
war. Rastlos schritt er hin und her — die Arme ver=
schränkt — den Blick zu Boden geheftet — bisweilen
streifte sein Auge ängstlich das Gesicht seines Sohnes
— bisweilen hemmte er den Schritt und ließ kraftlos
die Arme niederfallen.

Heribert ehrte die Wallungen seines Vaters durch
Schweigen. Nichts verrieth äußerlich, was er gelitten
hatte und noch litt! Aber der Vater ahnete es dennoch.

„Rede — rede Heribert!" rief er endlich. „Was weißt Du?"

„Daß ein Geheimniß über dem Tod Norrmanns von Wendemark ruhet und daß man Deinen Namen damit in Verbindung bringt," antwortete Heribert liebevoll und ehrerbietig.

Der Major stand wie angewurzelt mitten im Zimmer.

„Was glaubst Du?" fragte er, plötzlich zu seiner gewöhnlichen Ruhe wiederkehrend.

„Nichts! Ich vermuthe nur, daß die Umstände Dich wirklich in die Lage gebracht haben, geheimnißvolles Schweigen einer offenen Erklärung vorzuziehen!"

„Reich' mir die Hand, braver Junge!" rief der Major mit ausbrechender Rührung. „Du vergiltst die Schmerzen, welche meine Schwäche Dir bereitet hat, mit Edelmuth — das lohne Dir der Himmel! Ich weiß, daß Du geduldig auf mich wartetest, als ich Dir auswich — Dein Bruder hat mir alles geschrieben — mein Gewissen regte sich und ich kehrte zur rechten Zeit heim. Kaum eine Stunde nach meiner Rückkunft kam Luciliens Brief mit der Hiobspost —"

„Wie so?" fuhr Heribert erschrocken auf. „Was schrieb Lucilie — ich verstehe nicht —"

„Weißt Du denn nicht, daß der Vater Luciliens

am Rande des Grabes gestanden hat und eigentlich noch
steht?" fragte der Major.

Heribert sah ihn an.

„Du erwartetest ihn doch?" fragte er zweifelnd.
Dann rollte sich das Bild des zweiten Wagens vor seine
Phantasie — er begriff, daß eine Entscheidung seines
Geschickes nahe — aber wie traurig langsam fuhr der
Wagen — wie, wenn er eine Leiche beherbergte?

„Vater — ist Luciliens Vater todt?" sprach er
mit leiser, unterdrückter Stimme.

„Das gebe Gott nicht! Er soll richten über mich,
ehe er stirbt!" rief der Major mit starkem, kräftigem Tone.

„So nahet er uns als Schwerleidender — ich sah
einen Wagen — laß uns hinabgehen, ihn zu empfangen!"

Willfährig folgte der Major und sie stiegen rasch
hinunter.

Eine volle Viertelstunde, eine Ewigkeit voll stum=
mer Angst für Vater und Sohn, verlief, ehe die Karosse
des Freiherrn, vorsichtig und bedächtig geführt, in der
Thorwölbung sichtbar wurde. Die Blicke Heriberts be=
gannen zu leuchten, als ihm Luciliens holdes, bleiches
Antlitz entgegenstrahlte und ihr Auge ihn zärtlich be=
grüßte. Stürmisch öffnete er den Wagen, bevor ein
Diener es konnte. Der Anblick des Freiherrn dämpfte
seine Freude. Die Spuren der gefährlichen, noch nicht

ganz besiegten Krankheit im Gesichte, lehnte der Freiherr, in Kissen gepackt, im Wagen, von den Armen sei=
nes Kammerdieners unterstützt. Seine Körperkraft schien
auf ewig gebrochen zu sein, nicht so seine Geisteskraft.
Mit einer Heiterkeit, die eine ungetrübte Seelenruhe
verkündete, richtete er das Auge auf den Major und
sprach mit triumphirendem Lächeln:

„Gott sei Dank! Was ich gewollt, das habe ich
vollbracht! Willkommen heißt mich, Ihr Freunde — ich
bringe das Oelblatt des Friedens!"

Die Worte wirkten elektrisch auf Alle, die sie hör=
ten. Ein frohes Flüstern durchlief die Dienerschaar, die
bereit stand, dem Kranken zu helfen. Wie liebevoll hob
und schob man ihn — alle Hände regten sich um ihn, so
schmerzlos wie möglich in's Familienzimmer zu schaffen,
wo schnell ein Lager bereitet wurde.

Ein Schein von Glück glühte in Aller Augen —
ein Strom von Freude ergoß sich durch Aller Herzen,
obwohl noch nichts geschehen war, was diese Regungen
gerechtfertigt hätte.

Wie sie da saßen, um den kranken Mann geschaart,
nur von dem Wunsche beseelt sein Leiden erträglich zu
machen, schwand nicht jedes Mißtrauen, jede Sorge und
Pein ohne Erklärung? Einte nicht die tiefe, reine Her=
zensliebe diesen Kreis? Ebnete nicht das mächtige Ge•

fühl der Verwandtenliebe schnell den Weg des Vertrau=
ens wieder, den ein schmählicher Verdacht erschüttert
hatte? Wo war der Stolz geblieben, der den Major zu
jenen Abwägungen der Ehrenbezeugungen getrieben?
Wo war die Ehrsucht hingekommen, die ihn verbittert
und das erklärende Wort zurückgehalten hatte?

Freilich im Innern des Freiherrn war ein Dunkel
gelichtet worden, aber in der Brust aller Anderen schwebte
doch das mystische Dämmerlicht noch, das zu Verur=
theilungen und Verdächtigungen geführt hatte.

Der Freiherr gab denn auch seinem heitern Gefühle
zuerst Worte.

„Wie glücklich sind wir," sprach er, dem Major
die Hand reichend.

„Nicht ganz," entgegnete dieser, fest und sicher auf=
schauend. „Noch sind Erörterungen nöthig — aber ich
hege die Hoffnung, daß Du ohne Vorurtheile gegen
meine Erklärung sein wirst, trotzdem ich Veranlassung
zum Tadel gegeben habe."

„Sei unbesorgt, lieber Vetter — ich weiß Alles!
Ich verzeihe Dir sogar Dein unbarmherziges Schweigen,
weil ich glaube, daß es, im Anfalle wilder Verzweiflung
beschlossen, späterhin nicht mehr zu brechen war, wenn
Du Dich nicht einer gehässigen Verfolgung aussetzen
wolltest!"

„Was Du weißt gründet sich auf Vermuthungen"
entgegnete der Major. „Ich will Dir erzählen, was
geschehen — dann mögt Ihr über mich richten!"

. „Deiner Erzählung sehe ich mit Spannung entge=
gen — meinen Richterspruch hast Du schon vernommen,
denn ich verzieh Dir Dein Schweigen. Weiter fällt Dir
nichts zur Last! Harmlos bist Du mit Norrmann des
Weges daher gekommen. Ihr habt gelacht — Ihr habt
liebevoll mit einander gesprochen — Norrmann in sei=
ner tollen Weise, hat in die Rabennester geschossen —
ein Rabe ist getroffen worden und tobt zu Boden gesunken.
Norrmann hat diese Heldenthat mit Hohngelächter be=
gleitet — dann hat er trotz Deines Flehens den Weg
über den Sumpf eingeschlagen und ist im Nu — ver=
sunken!"

Der Eindruck, denn diese ganz kurze, eintönig
referirte Thatsache auf die Zuhörer machte, ist gar nicht
zu beschreiben.

Lucilie war aufgesprungen, hatte ihre Arme krampf=
haft um des Geliebten Nacken geschlungen und weinte
laut. Heribert stand zitternd — die Augen weit aufge=
rissen, ein Bild der fürchterlichsten Spannung da. Be=
gierig sog er jedes Wort von den Lippen des Freiherrn
— sein Körper wankte und er wurde mehr von Lucilien
gehalten, als daß er sie hielt.

Der Major hatte sich langsam erhoben. Zuerst be=
täubte ihn die Ueberzeugung, daß außer ihm noch ein
Mensch den Vorgang kenne, der nach seiner Ansicht,
von keinem Menschenauge gesehen worden war. Dann
erweiterte ein übermenschliches Entzücken seine Brust —
immer mächtiger regte sich sein Erstaunen — es grenzte
ja an's Uebernatürliche, daß der Freiherr Alles wußte!
Hochauf hob er seine Hände, gefaltet wie zum Gebet,
und er rief außer sich:

„Ist denn Gott vom Himmel gestiegen um mir bei=
zustehen mit seinem Zeugnisse?"

„Nein, mein theurer Vetter," antwortete der Frei=
herr mild und traurig lächelnd, „nein — Gott hat nur
den Jan Smuyken zum Förster von Solitude geführt
und diesen Beiden den Gedanken eingegeben noch im
Dämmerscheine des Herbsttages nach dem Dohnensteige
zu sehen. In diesen beiden menschlichen Wesen hast Du
Zeugen Deiner Unschuld gefunden!"

Von seinem Gefühle übermannt warf sich der
Major auf's Knie, beugte sein stolzes Haupt und sprach
gebrochenen Tones:

„Allmächtiger — ich danke Dir für diese Gnade!"

Ein geisterhaftes Wehen flog durch das hohe, weite
Gemach. Unwillkürlich wendeten sich Aller Blicke nach
dem Bilde derjenigen, welche einen Fluch über den

Major ausgesprochen. Allen war es, als ergösse sich
ein Glanz von diesem strengen, kalten Antlitze — als
lächle ihr Mund — als strahle ihr Auge liebevoll! Sie
wußten Alle, daß es nur Schein war, was sie zu sehen
glaubten und dennoch kettete der Aberglaube von diesem
Momente ihre Herzen noch fester aneinander. Der zür=
nende Schatten der Mutter hatte ihnen ein Zeichen ge=
geben, daß er versöhnt — daß der Fluch vernichtet sei!

„Mein Tagewerk ist vollbracht!" sprach der Frei=
herr leise. „Holt einen Geistlichen herbei — ich will
mein Kind noch heute den Armen ihres Gatten über=
geben sehen, damit Beider Glück gesichert ist!"

Die Anstalten wurden getroffen! Der Pfarrer
erschien im Ornate. Er sprach den Segen über ein
Paar, das jedenfalls vom Himmel für einander be=
stimmt war.

Durch die unerwartete Wendung ihres Geschickes
gleichsam betäubt, glaubte dieß Paar zu träumen, als
alle Furcht vor einer ewigen Trennung sich plötzlich in
dem Entzücken verlor, sich auf ewig anzugehören. Nur
in Blicken sprach sich ihre Seligkeit aus! Der helle Jubel
in der Brust wurde von der Sorge um den Freiherrn
gedämpft, dessen Zustand von der Aufregung verschlim=
mert, zu ernsten Befürchtungen Anlaß gab. Aber noch
ein Mal wendete des Höchsten Güte den Schlag ab, der

das junge Glück der Neuvermählten stark beeinträchtigt
haben würde.

Der Freiherr blieb am Leben und hatte noch man=
ches Jahr die Freude seine glücklichen Töchter um sich
versammelt zu sehen. Er schlug aber seine Residenz in
Kerkenhagen auf, weil er dort in dem Zusammenleben
mit Lucilien eine Befriedigung fand, die seinem Eremi=
tendasein in Wendemark abging. Kerkenhagen war grö=
ßer, geräumiger und freundlicher, als Wendemark. Es
lag schöner und war von allen Seiten zu erreichen. Da=
zu kam später der heillose Krieg mit seinen Zerstörun=
gen — genug, Schloß Wendemark, das Stammgut der
Familie verfiel, wie sein Stamm untergangen war und
der neue Stamm „Wendemark=Kerkenhagen" blühete in
voller Kraft und Ueppigkeit aus den Wurzeln der alten
Linie empor.

Der Segen der stolzen, harten Ahnfrau schien den
Bund ihrer Nachkommen geheiligt zu haben.

Nachdem die Wolken über diesem Paare gelichtet
sind und ihr Lebenshimmel in schöner Klarheit vor un=
sern Augen liegt, wenden wir nochmals flüchtig den Blick
nach dem Ufer des Elbstromes zurück, welches wir in
dem Momente verließen, wo sich auch dort alle Conflicte
harmonisch gelöset hatten.

Schlußcapitel.

Kaum vier Wochen später spazierte eines Morgens der würdige Amtsbote, respective Executor Schlipsak in gewohnter Stattlichkeit den Weg zur Brettmühle hinauf, blieb einen Augenblick vor dem Werkhause stehen, setzte sich aber sogleich wieder in Bewegung, als er aus der todtenhaften Ruhe in demselben auf einen Feiertag schließen mußte. Steif, wie aus Holz geschnitzt, stolzirte er die Allee entlang und trat mit einem gewissen Pomp in den Hof, der ein Muster holländischer Zierlichkeit abgab.

Auch hier herrschte eine Todtenstille. Verwundert sendete der Amtsbote sein Auge suchend rundum. Was, in aller Welt war denn hier geschehen, daß es aussah, als hätte der böse Feind sein Wesen getrieben? Stroh überall — Holz, Papier, Scherben zerstreut im Wege? So etwas war doch sonst nicht passirt?

„Heda!" schrie er in einem Anfalle von guter Laune und pflanzte sich in burlesk = humoristischer Stellung mitten im Hofe auf. „Heda! Kein Mensch da?"

Die Hausthür öffnete sich nach diesem Rufe und der alte Werkmeister Heinrich trat auf die Schwelle. Der erste Blick auf ihn ließ erkennen, daß sich eine gründliche Unzufriedenheit seines ganzen Wesens be= mächtigt hatte. Verdrießlich schob er seine Kappe auf dem

Kopfe hin und her und sah stumm den Executor an, der
seine breiten rothen Lippen zu einem Grinsen verzog, wel=
ches jedenfalls ein wohlwollendes Lächeln vorstellen sollte.

Der Werkmeister, der in seinen beschränkten Rechts=
ansichten, den Executor Schlipsak als Grund der vor=
gegangenen Veränderungen zu hassen Ursache zu haben
glaubte, lehnte sich verdrossen an den Thürpfosten und
blickte, ohne ein Wort zu sprechen, dem würdigen Ge=
richtsboten ziemlich impertinent in's Angesicht.

„Ist Meister Swupken nicht da?" schrie dieser gut
gelaunt und schob seinen vorschriftsmäßig sichelförmigen
Hut so weit hinten über, wie es die Balance erlaubte.

„Ist nicht da!" antwortete der Werkmeister lako=
nisch und schlug die Arme unter.

„Wo ist er denn wieder?"

„Fort!"

„Heute wird er schon kommen und sich nicht in ein
Mauseloch verkriechen, wenn er hört, was ich ihm bringe!
Ruft ihn he bei, alter Heinrich — ruft die alte Meisterin
und das junge Frauenzimmerchen, das so schnöde thut,
aber, weiß Gott, mehr Verstand im kleinen Finger be=
sitzt, als mancher im ganzen Corpus!" Er lachte selbst=
gefällig über seine Rede und holte einen großen Brief
aus der Mappe, die er unter dem Rocke trug. „Na —
rührt Euch! Ruft Eure Herrschaft!"

„Kein Mensch mehr da, als ich!" referirte der alte Mann mit augenscheinlicher Trauer.

„Donner und Blitz! Wo sind sie denn?"

„Dahin gegangen, wohin sie gehören — dahin ge= gangen, wo sie hergekommen sind!"

Der Executor stemmte sein Bambusrohr auf und stellte sich breitbeinig vor den Alten hin.

„Was soll das heißen? Ist der Hase — der Jan Smuyken — ausgerissen und hat das Weite gesucht aus Furcht vor der Husarenjacke?"

„Das weniger, Herr Schlipsak!" entgegnete der alte Mann etwas entrüstet.

„Warum sollte er denn sonst sein schönes Heim= wesen verlassen haben?" spöttelte der Gerichtsbote.

„Es gibt noch mancherlei andere Gründe dafür, aber daß es ihn geärgert hat in seinem Rechte so gekränkt zu werden gebe ich zu!"

„Nun, dann konnte er nur warten — hier bringe ich die Satisfaction!" Er schlug derb auf den Brief, den er in der Hand hielt.

„Kann nichts mehr helfen — er ist fort!"

„Er wird schon wiederkommen zu seiner Zeit. Dann bitte ich mir aber ein Douceur aus, was sich sehen lassen kann."

„Nehmt es nur als genossen an — Jan Smuyken

kommt nie wieder! Die Mühle hier ist verkauft an einen
Seehäuser Müller und die Bude d'rüben ist verkauft an
einen Strelitzer Holzhändler —."

„Donner und Blitz! Und davon wissen wir im Ge=
richte nichts?"

„Ihr werdet es schon früh genug erfahren."

„Was mache ich denn nun mit diesem königlichen
Schreiben?" schrie der Executor.

„Das müßt Ihr besser wissen, als ich!"

„Es ist ja eine Erneuerung seiner ihm vom alten
Fritz verliehenen Gerechtsame, die eigentlich Ungerecht=
same heißen müßten, weil sie einem Einwanderer unge=
heure Vortheile brachten — weil sie einen Fremdling
den Eingebornen voransetzten! Ja — seht mich nur an
— so ist's! Und weil wir im Gerichte das eingesehen
hatten, so sendeten wir den Freibrief sammt allen Con=
tracten an die Oberverwaltungsbehörde und fragten an,
ob man nicht den Freibrief dahin moderiren wollte, daß
der Meister Jan Smutzken, bei seinem wachsenden
Wohlstande, die üblichen Abgaben und sonstigen Unter=
thanenverpflichtungen leisten müsse. Und nun schickt uns
endlich die Oberverwaltungsbehörde eine Resolution,
wonach wir ab — und zur Ruhe verwiesen werden mit
unserm Antrage."

„Ach, so hängt die Sache zusammen," unterbrach

16*

der alte Müller Heinrich den eifrigen Sprecher, der in
seiner Alteration mehr verrieth, als seine Absicht war.
„Es freut mich, daß ich doch wenigstens erfahre, wo
unser Freibrief geblieben war — sieh — sieh — auch
eine Probe von Recht und Billigkeit!"

„Ach was! Wenn sich der König nicht darin ge=
mischt hätte, so wäre die Geschichte ganz anders gekom=
men! Aber die Jungfrau Henrike hat sich groß gethan
und hat mit der Königin geredet und die hohe Dame
mag es dem Könige wohl beigebracht haben. Nun —
es mag bleiben, wie es ist! Ich will mich nicht darüber
kränken, obwohl dem einen Unterthanen keine Rechte vor
dem andern zustehen. Die Jungfer Henrike hat es schlau
angefangen — ein Blitzmädchen!"

„Hoho! Bitte mir es aus," sprach der alte Hein=
rich und nahm seine Kappe ab um sich gehörig den Kopf
zu reiben. „Frau Swunken heißt sie seit Sonntag."

„Donner und Blitz! Und auch davon wissen wir
nichts? Hochzeit ist gewesen?"

„Nein! Nur Trauung, weil das Trauerjahr um
die verstorbene Frau erst eben um war. Nur Trauung,
hier in der Stube, aber eine schöne Trauung und ein
grundglückliches Brautpaar!"

„Es hört doch Alles auf!" murmelte der Executor.
„Nun ich kann nichts dagegen haben! Wohin sind sie
denn gezogen? Nach Holland?"

„Das verrathe ich Euch heute noch nicht! Jan Swunken hat damals, als Ihr ihm die Executionsmann= schaften einlegtet, eine Reise im Lande umher machen müssen im Auftrage des Prinzen von Hollfingen um ihm ein passendes Logement zu kaufen."

„Was?" warf der Gerichtsbeamte ein, indem er seine großen Knopfaugen noch größer machte. „Das wäre also kein Vorgeben, keine Vorspieglung von Euch gewesen? Aha — daher also die mächtige Nase, die wir bekommen haben — daher — daher!"

„Es ist dem schon recht geschehen, der diese Nase, wie Ihr es nennt, erhalten hat. Warum treibt Ihr es auf die Spitze! Wer weiß, ob es meinem guten Herrn jemals eingefallen wäre Preußen wieder zu verlassen, wenn man gerecht und billig gehandelt hätte."

„Still doch — daran war kein Mensch schuld, als der dicke Rittmeister, der gern Major werden wollte," flüsterte der Executor. „Wir im Gerichte durften nichts sagen — !"

„Aber Ihr konntet doch sagen, wo der Freibrief ge= blieben war," versetzte der alte Heinrich. Der Gerichts= bote zuckte nur die Achseln. Die Sache war anders ge= kommen, wie sie Alle gedacht hatten, nun wollte niemand schuld sein.

„Nehmt also Euren Brief nur wieder mit," fuhr der Werkmeister fort. „Helfen kann er nichts mehr."

„Wir wollen ihn ad depositum legen, guter Heinrich!" entschied der Executor mit wichtiger Miene. „Sollte Herr Jan Swutken davon Gebrauch machen wollen — so bin ich der Mann, der ihm dazu verhelfen kann — versteht Ihr?"

„Ganz gut. Aber der Brief wird wohl ad depositum verwesen. Jan kommt nie wieder nach Preußen!"

Mit diesem Bescheide entließ er den Executor und er hatte richtig prophezeiet.

Jan Swutken sah Preußen und seine ehemalige Mühle nie wieder, eben so wenig wie der Prinz von Hollfingen das Jagdschloß Solitude. Schon bei dem Kriegszuge des tapfern Major von Schill durch diesen Landesstrich wurden beide Gebäude ein Raub der Flam= men. Ob von Freundes= ob von Feindeshand angezün= det blieb unentschieden, aber der Werkmeister Heinrich behauptete in der Mühle den Wachtmeister gesehen zu haben, der früherhin die Executionsmannschaften com= mandirt hatte. Sollte dieser Krieger, im Gefühle der Rache wirklich dieß Werk vollbracht haben, so traf es leider nicht den, welchen es treffen sollte.

Solitude hingegen scheint in der Wuth des Ver= folgungsfiebers den Flammen geopfert zu sein. Wenig=

ſtens Laura, die einſam bei ihrem Pflegevater zurückge=
blieben war, als des Prinzen Familie nach dem Blan=
keneſer Strand überſiedelte, erzählte von einem fürchter=
lichen Gefechte, das in der Nähe des Forſthauſes ſtatt=
gefunden und ſie, nebſt dem alten Förſter zur Flucht ge=
trieben habe. Von fern hatten beide Flüchtlinge die
Flamme wüthen ſehen, die ohne Erbarmen das ganze
Gehöft bis auf die Grundmauern vertilgten. Nur einige
Steinhaufen bezeichnen den Fleck, wo es geſtanden hat
und wildes Geſträuch mit üppigem Unkraute vermiſcht
überwucherte ſehr bald die zierlichen Spielplätze der
fürſtlichen Kinder.

Aber, ſo vergänglich ſich das Aſyl des Friedens
erwies, worin der Prinz mit Ludmilla eine ſelige Zeit
verlebt, eben ſo unvergänglich war ſein eigenes, wieder
erkämpftes Glück. Er widmete ſich treu und redlich ſei=
ner Familie bis ihn die Pflicht zur Vertheidigung ſeines
Vaterlandes aufrief. Als er zum Heere ging, ſetzte er
den treuen Jan Swußken zum Hüter ſeiner Familie ein.
Mit Lorbeern gekrönt und zu den höchſten Würden avan=
cirt kehrte er nach dem geſchloſſenen Frieden wieder zu=
rück und blieb noch Jahrelang ein Bewohner der Villa.

Sein Verhältniß zu Jan Swußken war auf Achtung
gegründet, aber er verkannte ſpäterhin den Einfluß der
klugen, philoſophiſch ruhigen Henrike nicht und meinte,

daß Jan wohl erst durch sie das geworden sei, was er so hoch an ihm schätzte. Die festen Grundsätze der Frau stützten Jan's „sorglose Güte" und ihr scharfes Urtheilsvermögen hielt ihn von Uebereilungen fern.

Als der Prinz von Hollfingen nach langem Zeitraume endlich die Villa Swuykens verließ um sich mit seiner Familie in einer schönen Mittelstadt Deutschland's anzukaufen, da war Jan schon ein so angesehener Mann, daß er die Villa selbst bezog und im Kreise seiner Kinder, die Früchte seines fortgesetzten Strebens genoß. Er hatte, unter Henrikens Beistand, den Kreis seiner Thätigkeit von Jahr zu Jahr mehr ausgedehnt, hatte sich den industriellen Bewegungen angeschlossen, hatte sein Geld nicht, wie früher, in Kisten und Kasten, sondern in solide Unternehmungen gesteckt und war so, nach und nach, zu einem fürstlichen Reichthume gelangt, er wußte selbst nicht wie. Ohne daß er es ahnete, hatte Henrike seine Eitelkeit, die ihn den vornehmen Leuten geneigt machte, zu einer edlen Gluth des Ehrgeizes erhoben und ihn dadurch zu einer Berufsthätigkeit geleitet, die ihm genügte. Er ist ein glücklicher Mann geworden und er hat so viel Einsicht gehabt seine Henrike stets als sein höchstes Kleinod zu betrachten.

Ende.

Druck von Plachy u. Spitzer.

stellern der neuesten Zeit zählend, anerkannt worden, sind darin vertreten.

Dem vielseitig ausgesprochenen Wunsche unserer verehrlichen Abonnenten nachzukommen, wählten wir als Prämie ein Genrebild. Der Umstand, daß es uns vergönnt war, die Zeichnung nach dem Originalbilde von Leopold Löffler durch einen der vorzüglichsten Lithographen anfertigen lassen zu können, ist wohl Bürgschaft dafür, ein künstlerisch schön ausgeführtes Prämienblatt zu erhalten.

Der achtzehnte Jahrgang des „Album. Bibliothek deutscher Originalromane" wird folgende Beiträge enthalten.

Solitüde.
Novelle von Ernst Fritze.

In Sünden.
Eine Familiengeschichte von Dr. Edmund Hoefer.

Die Witkowetze.
Historischer Roman von Elfried von Taura.

Doctor Robert Finke.
Roman von P. J. Wilcken.

Ein Jahr aus dem Leben August des Starken.
Historischer Roman von Franz Lubojatzky.

Moderne Leidenschaften.
Roman in drei Büchern von August Schrader.

Der schwarze Mann.
Historischer Roman von Dr. Isidor Proschko.

Ein Familiendämon.
Roman von Adolf Schirmer.

Madame de Brandebourg.
Historische Novelle von Bernd von Guseck.

Die Literaten.
Socialer Roman von Ida Baronin von Reinsberg-Düringsfeld.

Bezugsbedingungen:

1. Der achtzehnte Jahrgang des „**Album**" erscheint ebenfalls in **24** Bänden, wovon allmonatlich regelmäßig zwei ausgegeben werden.

2. Jeder Band, circa 15 Bogen oder 240 Seiten, kostet für Subscribenten bei der Verpflichtung zur Abnahme des ganzen Jahrganges.

nur **45** Nkr. Oe. W. = **10** Ngr.

Einzelne Romane oder Bände werden nur zum doppelten Subscriptionspreise abgegeben.

3. Jeder Abnehmer erhält mit dem letzten, 24. Bde.

gratis als Prämie zum Album 1863

ein prächtiges, im Kunsthandel noch nicht existirendes Genrebild:

Lüsterne Kinder vor dem Stande einer Obstfrau.

Höhe 18", Breite 15".

Gemalt v. **Leopold Löffler**, lithogr. v. **Josef Bauer.**
welches wir eigens hierfür anfertigen ließen.

4. Alle Subscribenten, welche den Betrag von **10 fl. 80 kr. Oest. W. = 8 Rthlr. Preuss. Cour.** für den ganzen Jahrgang nebst Prämie auf einmal und in Voraus bezahlen, erhalten dieses ebenso originelle als schöne Bild in den allererften, also schärfften Abdrücken bereits mit dem **2. Bande gratis,**

Bestellungen nehmen alle Buchhandlungen entgegen.

Wien, im September 1862.

Die Verlagsbuchhandlung von

H. Markgraf & Comp.,
Wollzeile 774.

Druck von Plachy & Spitzer.

www.ingramcontent.com/pod-product-compliance
Lightning Source LLC
Chambersburg PA
CBHW030759020726
47499CB00006B/1688